# できたてごはんを君に。

行成　薫



集英社文庫

# 目次

# できたてごはんを君に。

# ブルーバード・オン・ザ・ラン（1）

耳にうるさい電子音。高根実里《たかねみのり》は不機嫌な声を漏らしながら上体を起こすと、っしゃあ、と気合を入れてカッと目を開いた。自分の部屋を出て階段を下り、一階へ。家にあったゼリー飲料と菓子パンで朝食を終えると、急いでスポーツウェアに着替える。髪の毛を後ろで束ねて日焼け止めを念入りに塗り、軽くメイクをして「ＢＤＳ」というアルファベット三文字がでかでかと書かれた、街中でやたらと目立つブルーの四角いバッグを背負う。

〝Bluebird・Delivery・Service〟の頭文字で、ＢＤＳ。

フードデリバリーサービスの会社で、一般には「ブルバ」という略称で呼ばれている。

大学に入って初めての夏休み、実里はバイトに明け暮れることを決意した。目標は、五十万円貯《た》めることである。なぜ急にお金が必要になったのかというと、恋をしてしまったからだ。お相手は、先日、知り合いの中古車屋さんで見つけた輸入車で、ポップなカラーリングにクラシカルなシルエットのイケメンだ。でも、学生の身ではローン審査も厳しくて、貯金と親からの援助を合わせても足りない五十万円をなる早《はや》で用意しなければならなくなった、というわけだ。

求人情報サイトをざっと見て、ぱん、と目に飛び込んできたのが「ブルバ」の配達員募集の広告だった。実里は小学生のときにミニバスケを始めて以来、バスケ一筋の体育会系女子だが、最近は運動する機会もめっきり減り、ばきばきに割れていた腹筋にもぷよぷよとお肉が乗ってきている。ブルバの配達員なら、カロリーを消費しつつトレーニングにもなって、さらにお金まで稼げる。実里にとってはまさにうってつけのバイトだ。夏の終わり頃にはすっかりシェイプアップされたいい体を取り戻し、愛車に親友を乗せて温泉旅行にでも行くのだ、などと妄想にふけりつつ、自宅ガレージからロードバイクを引っ張り出す。ホルダーにスマホを取りつけてヘルメットをかぶり、サドルにまたがれば準備完了。BDSの配達員用アプリを立ち上げ、実里は勢いよく自転車を発進させた。手始めに、高校時代の通学路を走って市内の中心部へ向かう。中心部とは言っても、東京から新幹線と在来線を乗り継いで三時間以上かかる小さな地方都市だ。飲食店の数が多いというわけではないので、競争はそれなりに熾烈《しれつ》である。

「来た来た」

走っていると、さっそく依頼の通知が一件入った。よっしゃ、と心の中で拳を握りながら路肩に自転車を停《と》め、アプリで情報を確認する。注文されたのは『麺《めん》いけだ』という店のラーメン二杯。すぐにスマホを操作して依頼を請け、お店に向かった。お店までは五分ほどの道のり。実里が通っていた私立高校の近くにある商店街の中だ。商店街は、お世辞にもにぎわっているとは言えないシャッター街で、実里が高校の時にはラーメン屋なんかなかったはずだ。首を傾《かし》げながら現地に向かうと、確かに「ラーメン」と書かれたノボリが並ぶ店ができていた。まだ看板も新しいし、開店したばかりなのだろう。よくこんなとこにお店出したな、と思いつつも店前に自転車を停め、真新しい暖簾《のれん》をくぐって、開けっ放しの入口から中に入る。

「よし、ちょっとそこで待っててくれ」

「は、はい」

ブルバです、と告げると、店主らしき男が実里を店の隅っこに案内した。タンクトップにエプロンという独特のファッションで、むき出しになった腕の筋肉はかなりエッジが深い。店主は実里が待機するのを見てからようやく二人分の麺を取り出し、両手に血管を浮かせながらぎゅうぎゅうと揉《も》んで、ぼこぼこと沸き立つ大きな釜に放り込んだ。お店側のアプリで実里の到着予定時間はわかるのだし、先に作り始めておいてよ、と文句が口をついて出そうになる。到着した時には調理が完了していて、タイムロスなしで配達できるのが理想だ。

「よう、お姉さん。ウチの配達は初めてか？」

「あ、はい、そうです」

「じゃあ、基本的な配達の注意点を伝えておかねえとな」

「注意点？」

「まず、ラーメンをあんまり揺らさねえこと。あんまり揺らすとな、スープの味が変わっちまうんだよ。油とスープが混ざると濁るしな。配達は丁寧に」

「はあ」

「で、お客さんには八分以内に届けてくれ。一秒でも超えたらアウトな」

「は、八分？」

「そうだよ。まあ、俺が岡持ち持って全力で爆走すれば往復八分でも超余裕なんだけど、一人でやってる店なもんでね。抜けるわけにはいかねえしな」

男の体格からして「足が速そう」ということは否定しないけれども、お店からラーメンを持って約一・五キロ離れた届け先に走って向かい、片道を四分以内に走破して、さらに四分以内に店まで戻ってくるのはいくらなんでも無理だろう。そんなことができるなら、きっと余裕でオリンピックに出られる。

「アウトって、八分過ぎたらどうするんですか」

「アウトになったらアウトなんだよ。過ぎたらどうする、じゃなくて、絶対に過ぎないでくれよ、って話。食べ始めまで十分かかると、どうしても一口目の味が落ちるから、八分以内には届けなきゃいけねえってことだ」

「なる、ほど」

「やっぱりな、お客さんにはできる限り最高の状態で食べてほしいだろ？　きっとな、ウチのラーメンを楽しみに待っててくれてるわけだからな」

べらべらとまくしたてるように語る筋肉質店主の話を半分スルーしつつ、店内を見渡す。ほぼ新品のテーブルやカウンターはきれいだが、立地のせいもあって、繁盛店とは言い難《がた》い様子だ。まだ開店直後だからか、お客さんは二人だけ。奥の壁には「〝麺固め〟のご注文はお断りします」という、こだわりに満ちた貼り紙がしてある。

「よし、麺、上げるぞ」

タイマーが残り三十秒を切ったのをきっかけに、それまでしゃべりまくっていた店主が弾《はじ》かれたように動き出す。ブルバが契約店に提供している麺用の保存容器に素早く醤油《しょうゆ》っぽい色のタレを入れ、鍋からスープを注《そそ》ぐ。その瞬間、ふわっとラーメンのいい香りがした。湯気が立つ容器にすぐさま中蓋を被《かぶ》せて密閉すると、ちょうどタイマーが鳴った。すぐにタイマーを止め、平たい網を手にして釜の前に立って、ふっ、と息を吐く。そこから、鮮やかな手つきで茹《ゆ》で釜の中をぐるぐる泳いでいる麺を網の上にまとめ、一杯目は大盛り、と独り言を言いながら、器用に麺の量を調節する。すくい上げた麺を網の上でぽんぽんと躍らせて、最後にくるりと一回転させて湯を切り、容器の中皿の上に盛りつける。スープと麺はセパレートで、食べる直前に一緒にできるようになっている。

筋肉質店主は慣れた手つきで麺に油を少しかけると、チャーシューやネギといった具を素早く載せ、あっという間にラーメン二杯を作り上げた。容器にしっかり蓋をして、ビニールの袋に詰めて割りばしを入れる。

「いいな、八分だぞ。ただし、安全運転でな」

実里はスマートウォッチの時刻を確認しながら品物を受け取り、ＢＤＳバッグに収める。揺らさないよう丁寧に、事故を起こさないよう安全に、遅れないよう迅速に。簡単に言われたけれど、なかなか難しい注文だ。めんどくさいなあ、麺だけに、と、しょうもないダジャレが頭をよぎるのを振り切って、バッグを背負い、店を出る。

スマホのナビに従って、目的地へ。届け先に行く途中で、市街地と住宅地を隔てる広めの道路を横断する必要がある。運よく、少し手前で進行方向の信号が青に変わるのが見えたが、信号が変わる前に渡り切らなければ二分ほど待たされることになってしまう。一気にスピードを上げようとするが、「揺らすなよ」という声が聞こえた気がして、スピードに乗りきれない。バッグを背負った上体はなるべく揺らさないようにしながら、下半身だけ懸命に動かしてなんとか速度を出す。

ギリギリのタイミングで道路を渡ると、ほどなく住宅地に入った。学校や公園のある路地を細かく右折左折し、ようやく一件の家の前に辿《たど》り着いた。表札を確認してからドアホンを鳴らし、ブルバです、と告げる。アプリで配達状況をチェックしていたのか、すぐに注文者の女性から応答があった。スマートウォッチを見る。七分経過、残り一分。玄関に現れたのは四十歳くらいの女性で、廊下の向こうの部屋から高校生くらいの男の子が玄関を覗《のぞ》いているのが見えた。男の子はどうやら足を骨折しているらしく、右足をギプスで固めている。

「暑い中お疲れさま」

「いえ。こちら、お届けの品物です」

玄関先で素早くバッグからラーメンの入った袋を取り出し、女性に渡す。支払いはクレジット決済済みなので、これで配達完了だ。女性に一礼し、くるりと踵《きびす》を返す。配達が終わったら、すぐに次だ。

「マジで食いたかったんだ、これ。入院中にさ、部活のやつらから、すげえうまいラーメン屋が学校の近くにできたって聞いててさ」

「しばらく病院食だったし、こういうの食べたかったでしょ」

「まあね。育ち盛りだからね」

実里が外に出ると、道路に面したリビングの窓が開いていて、親子の会話が聞こえてきた。あれ、商店街近くの高校なら後輩かな？　と、実里は思わず会話に耳をそばだてる。ほどなく、勢いよく麺をすする音が外にまで響き渡った。どうやら無事、最初の一口目を十分以内にお届けできたようだ。

「うーめぇ……」

ため息交じりのうっとりした声と、母親の爆笑する声。なんか和気あいあいとしていていいな、と実里は思った。もう何年も、家族と会話をしながらごはんなんて食べてないなあ、と、自宅のがらんとしたダイニングテーブルを思い浮かべる。

おっと、次だ次。

再びバッグを背負い直し、アプリを立ち上げる。いよいよ本領発揮し始めた夏の太陽の下、汗を拭いながらまた自転車にまたがると、すぐに配達依頼が届く。

# ほほえみ繁盛記

# 1

「こちらの方《かた》が、とんかつの名店『梅家《うめや》』の大女将《おおおかみ》、梅山笑子《うめやまえみこ》さんです！」

まだ新人ぽさの残る女性アナウンサーの声を合図に、笑子の顔にカメラのレンズが向いた。こんなちっちゃな店が名店ねえ。笑子は少しおかしくなって、ふふふ、とほほえんだ。

「笑子さん、なんて気恥ずかしいから、えみちゃん、て呼んでくださいね」

「え、いいんですか？」

「うちのお客さんも知り合いも、みんなそう呼んでくださるのよ」

女性アナウンサーは少し困ったような表情を浮かべたが、すぐに笑顔に戻って、じゃあ、えみちゃんさん、などと調子を合わせてくれる。店のカウンター席には、アナウンサーのほかに三人のタレントが座っていた。周りは、照明や大きなマイク、カメラを持った人たちですし詰め状態だ。とんかつ屋なのに。

全国放送のテレビ番組に取り上げられるのは、創業以来初めてのことだ。はじめは断ろうとしたのだけれど、同業の知人から「出たほうがいい」と勧められた。「デカ盛りの名店！」などとテレビで何度か取り上げられた知人の店は、今や行列の絶えない人気店になっている。別にお金儲《かねもう》けをしたいとは思わないけれど、店の従業員たちを思えばいい機会だ。笑子はテレビカメラの向こうのまだ見ぬお客さんたちに向かって、深々と頭を下げた。

「このお店は、何年やられているんですか？」

「ええとね、創業四十年になりまして。わたしが継いだのは三十年くらい前かしら」

タレントたちが大げさに「そんなに！」「老舗！」などと驚いて見せる。笑子は両膝に置いた自分の手を見つめた。いつの間にか、すっかりおばあさんの手になってしまった。はねた油で何度も火傷《やけど》をした痕が黒くくすんで、お世辞にもきれいとは言い難い。きゅっと握って、カメラに映らないようにする。

「このお店は、とても風変わりなかつ丼を出されるんですよね？」

「あの、そうですね。珍しいとおっしゃるお客さんが多いですねえ」

最初の会話の場面を撮り終えると、撮影がいったん止まって、料理の出来上がりを待つことになった。厨房《ちゅうぼう》から、ぱちぱちと油の音が聞こえてくる。七十を過ぎた頃から膝を悪くした笑子は、もう厨房に立つことはできない。今は三代目の店主と従業員たちがお店を回してくれている。

「料理あがりまーす！」

テレビスタッフの声が響くと、いったん止まっていた現場がまた動き出した。少し素に戻っていたタレントたちも姿勢を整えて笑顔を作り、がらりと雰囲気を変える。

「それでは、お料理ができたようですので、いつものアレ、お願いします！」

アナウンサーがフリを入れると、タレント三人が、せーの、とタイミングを合わせる。

——本日の、メニューは？

「おまたせしました。かつ丼でございます」

台本通りのたどたどしいセリフとともに、ぽっちゃり体型の店主がお盆を持ってやってきた。緊張でかちかちに固まった店主が震える手でなんとかタレントたちの前に置いたのは、『梅家』名物の「かつ丼」だ。訪れるお客さんの七割が注文する看板メニューで、笑子が考案したものである。ほどなく、全員分のかつ丼がカウンター席に並んだ。

「え、これがかつ丼？　ほんとに？」

かわいらしい女性タレントが、驚いた、という表情を作りながらカメラに料理を向ける。初めて店に来てかつ丼を頼んだお客さんは、だいたい似たようなことを言う。

「えみちゃん、俺らが頼んだん、オムライスちゃいますよ」

隣に並ぶお笑い芸人がツッコミをいれると、笑子は思わず声を出して笑ってしまった。

「ええ、これがうちのかつ丼なんです」

年配の食通タレントの男性が、腕組みをしてううむ、と唸《うな》る。

「こんなかつ丼は、僕も見たことがないね。どうしてこんなかつ丼を作ろうと思ったのか、実に気になるよ」

どうして、ねえ。

視線の先には、ぎゅっと握った小さな両手。自分の手がこんなにしわくちゃになる前、まだもう少しだけきれいだった頃の記憶が、頭の奥からふわりと戻ってくる。

## 2

「ありがとうございました」

会計を済ませて、笑子が笑顔で客を見送る。爪楊枝《つまようじ》を咥《くわ》えながら店を出たサラリーマン風の男性は、気怠《けだる》そうに首を回しながら歩き去っていった。男性が注文した「ロースとんかつ定食」は米の一粒も残らぬほどきれいになっていたが、うまいと思って平らげたのではなく、腹を満たすために仕方なく全部食べた、という表情だった。揚げ加減がよくなかったのか、ほかの原因か。どんな理由があっても、お客さんは何も語ってはくれない。

東京から新幹線と在来線を乗り継いで三時間以上かかる地方都市。その一角にある、日本中どこにでもありそうな住宅街の端っこに、『梅家』は店を構えている。カウンター七席、テーブル席二席、小上がり二席というこぢんまりとした店で、特に目を引くような特色もなく、「とんかつ屋」という名前のまま、それ以上でもそれ以下でもない店だ。

現在の店主は笑子だが、元々、店を始めたのは夫だった。

実父の介護で婚期を逃してしまった笑子は、母親のつてで見合いをし、そこで出会った夫と結婚をした。当時、笑子は三十五歳、夫は四十歳。夫は料理人で、ちょうど自分の店を開業したところだった。それが『梅家』だ。

笑子は主婦として夫を支え、子供はいないながらも平穏に暮らしていたのだが、結婚して十年経《た》ったある日、転機が訪れた。夫が書置き一つを残して家を出ていってしまったのである。穏やかで地味な夫はバブルの狂騒とは無縁だと思っていたのだが、どうやら怪しい「財《ざい》テク」に手を出してしまい、バブルの崩壊によって抱えた借金で首が回らなくなって、夜逃げ同然で家を出たようだ。残された笑子が借金取りに追われるようなことはなかったので、どこかでけじめをつけてくれたのだろうが、捜索願を出して行方を追っても、夫の消息は摑《つか》めなかった。ほとぼりが冷めた頃にひょっこり帰ってくるのではないかと思って、籍はそのままにしてある。

夫の失踪も大変だったが、それ以上に、夫なしでどう生計を立てていくか、という問題が深刻だった。笑子の両親はすでに他界していて付き合いのある親族もおらず、出戻る家が笑子にはなかったのだ。勤め先のあてもない上、老齢の義父母を見捨ててどこかに行くわけにもいかない。笑子は結局『梅家』を継いで、二代目の店主とならざるを得なかった。

とはいえ、いきなりとんかつ屋をやるとなっても、笑子はずぶの素人だ。家の台所で食事を作るのとはわけが違う。当然、平々凡々とした元の味よりもさらに程度の低い味になってしまい、景気の悪さも相まって、数少ない常連も潮が引くように離れていった。

「いつまで続けられるのかしら」

一人で皿を洗いながら、ふわりとそんな言葉が口からこぼれた。はっとして、いかんいかん、と首を横に振る。大きく息を吐いて、ため息に変わりそうな澱《よど》んだ空気を肺から追い出し、無理矢理笑顔を作る。辛《つら》い時こそ笑顔を絶やさぬように、とは、亡くなった父の遺言だ。「笑子」というちょっと変わった名前をつけたのも、父だった。

「あの……」

「は、はい！　どうぞ！　いらっしゃいませ！」

笑子が一瞬ぼんやりしていると、店の入口にお客さんが一人立っていた。笑顔笑顔、と自分に言い聞かせながら、慌てて招き入れる。客の男性はがらんとした店内を少し見回してから、入ってすぐの席に腰を掛けた。

「こちら、お品書きですので」

「ああ、はい」

やってきた若い男性は、おそらく初めての来店だ。顔立ちは優しそうで、背丈は女性の笑子とあまり変わらないくらい。上下は運動着姿で、よく見ると顔は汗でびっしょりだ。運動をしている様子のわりには目が落ち窪《くぼ》んでいて、頬がげっそりこけていた。もしかしたら病人なのではないかと思うほどだ。

「すみません」

お品書きをじっとりと眺めていた男性が、よろよろと手を上げた。そして、消え入りそうな声で、「かつ丼ください」とつぶやく。が、すぐに、あー、うー、と顔をしかめながら何度か首をひねり、最終的には「大盛りで」と注文を加えた。笑子は笑顔で、かつ丼大盛りですね、と返事をしたが、内心、緊張で少し手が震えていた。かつ丼は一番苦手だ。出来上がりまでの時間を考えなければならないし、少しでも手順を間違えると台無しになってしまう。でも、自信がないなどとは言っていられない。よし、と気合を入れて、笑子は笑顔を作り直し、コンロに向かった。

まずは親子鍋に丼つゆを張り、スライスした玉ねぎを散らして火にかける。玉ねぎは少し煮込んでとろりとさせるのが夫のやり方だった。鍋の準備をしながら、とんかつの揚げにかかる。包丁で肉の筋を切り、小麦粉と卵をつける。そのままパン粉の山の上に落として、剝がれないようにぎゅっと押さえる。パン粉に包まれたかつを熱した油にそっと落とすと、ぱちぱちという軽い音が響いた。

揚げあがったら、油を切ってまな板の上に置き、包丁でカット。切るときは、刃先をまな板にあて、そこを支点に真上から一気に刃を落とすようにして切らなければならないのだけれど、思い切りが足らず、衣を剝がしてしまうこともしばしばだ。

ちらり、と、お客さんの様子を見る。相変わらず顔色が悪い。そして、笑子の調理が遅くてイライラしているのか、貧乏ゆすりで体が小刻みに揺れている。

「あ、あの」

「は、はい！」

お客さんが、厨房を覗き込むように少し腰を浮かせた。笑子が慌てて、もうすぐできますので、と告げると、男性は少し表情を曇らせながら「そうっすか」と、また席に腰を下ろした。

## 3

注文から十五分ほど。店主らしい女性が持ってきたかつ丼を前にして、林大和《はやしやまと》は思わず喉を鳴らした。はやる心を抑えながらどんぶりの蓋を開けると、出汁《だし》の香りが吹き上がって、かさついた顔をぶわりと包み込んだ。なんとも艶《なま》めかしいきつね色のかつが、黄色と白の鮮やかな卵でとじられて鎮座している。彩りは青ネギ。色彩が、においが、大和の心を揺さぶり、誘惑する。さあ、あったかいうちに早くお食べなさい、とでも言うように。

ああ、これもう、だめだ。

口の中はからからで唾も出てこないが、胃袋が早くそれをよこせとぎゅうぎゅう喚《わめ》く。一度はどんぶりの蓋を閉めようとしたのだが、手が蓋を摑むのを拒絶した。いや、でも、こんなもの食べちゃだめだ。大和が歯を食いしばりながら顔を上げると、厨房に立っている女性が、怪訝《けげん》そうにこちらを見た。

「どうぞ、ごゆっくり召し上がってくださいね」

ふわりとほほえんだ女性は、二十歳の大和からすると親子ほどの年齢差がありそうだが、頰にぺこりとえくぼができるのがかわいらしい人だった。その笑顔に許された気がして、大和は割りばしを割り、右から二切れ目のかつをつまみ上げた。丼つゆを吸って少しくたりとした衣。ほどよくついた白い脂身が見えると、もう食欲を抑えることができなくなった。半分ほどを口に入れて前歯を立てる。肉は少し固めだが、難なく嚙《か》み切ることができた。衣に染みたつゆと肉汁がじゅわりと溢《あふ》れて、口いっぱいに甘じょっぱい味が広がる。その瞬間、大和は恍惚《こうこつ》のため息をついていた。

気がつくと、どんぶりからはみ出さんばかりだった大盛りかつ丼はものの数分ですべてなくなり、大和の胃袋に収まっていた。どんぶりにくっついた米粒一つまで口に入れ、味噌汁《みそしる》とお新香《しんこ》まで平らげると、ようやく人心地がついた。天井を見上げて、ふう、と息をつく。膨れた腹を撫《な》でていると、体の奥から、ぞわぞわともやのようなものが膨れ上がってきた。

「やっちゃった、もう終わりだ」

一粒涙がこぼれると、次々と涙が溢れて頰を伝い落ちていく。喉がしゃくりあがって、嗚咽《おえつ》が漏れた。店の女性がえくぼをぺこりと凹《へこ》ませたまま、困り顔で大和を見ていた。

## 4

店を昼営業だけで閉め、笑子は珍しく外に出た。行き先は、隣県の小さなホールだ。『梅家』を引き継いでから、こうして仕事を休んで外出するのは初めてのことだった。

ホールの入口には「日本バンタム級タイトルマッチ」という看板が掲げられている。つまり、行われるのはボクシングの試合。チャンピオンはこの辺りの出身のようで、凱旋《がいせん》試合を観《み》ようと多数のファンが集まっていた。でも、笑子は生まれてこの方ボクシングの試合など観たこともなかったし、チャンピオンのことも知らない。わざわざ会場を訪れたのは、メインの試合の前座、ポスターの端っこに小さく載っている第一試合のためだった。

——フライ級四回戦　林大和×キング下仁田《しもにた》

十日ほど前、ふらりと店にやってきた不思議な若者は、地元のボクシングジムに所属するプロボクサーの林大和という人だった。異様に暗い表情でやってきたかと思うと、幸せそうな顔で大盛りかつ丼を平らげ、食べ終わるなり子供のように泣き出すという百面相っぷりには驚いたが、その後に「お金がない」と言われて笑子はさらに驚いた。これは警察沙汰かとも思ったが、店の電話を貸すと、ほどなく年配の男性が慌てて飛び込んできて、土下座せんばかりに謝罪をしながら飲食代をすべて払ってくれたので、面倒ごとにはならずに済んだ。男性は、ジムの会長さんだったそうだ。
大和は試合のための減量中で、一週間ろくに食事もとらず、空腹と脱水で朦朧《もうろう》としながらロードワークをしている最中に『梅家』の前を通りがかり、店前に掲げられた「とんかつ」の文字に理性を失ってしまったようだった。食べ終わってから財布を置いてきたことに気づき、その上減量中にたらふく食べてしまったことに絶望して、自分のボクサー人生が終わってしまったと大号泣した、というわけだ。

その日は穏便に済ませて終わったのだが、日が経つにつれ、笑子は大和のことが気がかりで仕方なくなった。苦しいと聞く減量中に大盛りのかつ丼を食べてしまったのであるから、そこからはさらに地獄のような減量をしなければならなくなっただろう。知らなかったとはいえ、食べさせてしまったことには責任を感じた。あの子はどうなったのだろう。気持ちが抑えきれなくなった笑子は、わざわざ試合のチケットを取って、一人で会場までやってきたのだ。

どうしてここまで気になるのか、と、自分でも思う。

笑子が『梅家』を継いでから今まで、あれほどおいしそうに自分の料理を食べてくれた人はいなかった。たいていのお客さんは、むっつりとした顔で作業のように食べるか、首を傾げつつ残していくかだ。朦朧とするほどの空腹も手伝ったのだろうが、それでも、大和が幸せそうに食べてくれたことが、笑子にはなによりも嬉《うれ》しかった。なのにもし、そのせいで減量に失敗してしまったとしたら、笑子の嬉しさも空虚なものになってしまう。取り返しのつかないことにならなかったか、自分の目で確かめて安心したかった。

笑子が会場に入っても、観客の姿はまばらだった。前座はあまり興味を持たれないようだ。誰からも顧みられない花道を、やや緊張した面持ちの大和が拳を掲げながら歩く。試合には出られたんだ、と思うと、ようやく笑子の肩の力が抜けた。

リングの中央で、大和が対戦相手と対峙《たいじ》する。レフェリーがなにやら二人に話をした後、こんなにいきなり始まるのかと驚くほどあっさりと、開始のゴングが鳴った。

# 5

「いいか、もっと頭を振れ。頭を振りながら相手の懐に飛び込め」

コーナーで椅子に座り、興奮と疲労とで頭が沸騰する中、大和は耳に飛び込んでくる会長の声を必死に聞く。言われていることはごもっともだが、それができたら苦労しない。試合はすでに3R《ラウンド》を消化している。今日の試合は四回戦、つまり4Rまでしかない。残り1R、三分間のうちにKOしなければ、判定ではどうあがいても勝てそうになかった。もし負ければ、デビュー戦から三連敗ということになる。

「練習を思い出せ！　ずっとやってきたろ！」

大和がプロのボクサーになったのは、昨年のことだ。

小中学生の頃、大和は学校を休みがちな生徒だった。不登校とまではいかないが、登校するのは週に一日か二日。別に理由らしい理由はなかった。行こうという気が起きなかっただけだし、両親は大和に無関心で、サボって家にいてもなにも言われなかったからだ。高校にはなんとか進学したものの、クラスに馴染《なじ》めずに一年で中退した。夢もなく、やりたいこともない。生きる目的を見失っていた大和を救ったのが、ボクシングだ。小柄な大和はバカにされることもあったので、多少腕っぷしが強くなれたらいいか、という軽い気持ちで近所のジムに通い始めたのだが、それで大和の人生は大きく変わった。ボクシングというのは自分一人が強くなればいいものと思っていたのだが、実際はそうではなかった。技術を教えてくれるコーチがいて、練習相手になってくれるジムメイトがいる。プロを目指したいと言うと、ジムの人たちは全力で応援してくれた。一年半の厳しい練習を経てプロテストに受かったときは、大和以上に会長が喜んだくらいだ。人に喜んでもらうことがこんなに嬉しいなんて思ってもみなかったし、その期待に応えられないことがこんなにも悔しいなんて知らなかった。

「いいな、最後まで諦めんなよ！　倒せばいいんだからな！　諦めんなよ！」

熱に浮かされた頭を少しでも覚まそうと、周囲を見る。メイン前の会場は空席だらけだ。だが、その一角に見覚えのある顔を見つけた。誰だっけ？　と一瞬混乱したが、すぐに、先日迷惑をかけてしまったとんかつ屋の店主であることに気づいた。なんでこんなところに？　と考える間もなく、ラウンド開始のゴングが鳴る。会長が背中に気合入れの張り手を一発入れたが、とんかつ屋さんが気になって、気合が入るどころではない。

あのかつ丼、うまかったよな。

あとたった1Rで試合は終わり、減量苦からも解放されて自由になんでも食べられる日々が戻ってくる。泣いても笑っても、あと三分だ。コーナーを飛び出し、最後の力を振り絞って、相手の左ジャブを受けながら大和はじりじりと前進する。大和が下がらないのを嫌がって、キング下仁田が強い右のストレートを打つ動作に入った。

そのパンチを、大和は待っていた。

パンチをよけずに頭から真っすぐ突っ込むと、ごきん、と音がして、大和の額にキング下仁田の拳が当たった。キングがたじろいで、ほんのわずか隙ができる。そこへ、弧を描くような大和のパンチが飛んで、相手の死角から顎を打ち抜いた。右拳に確かな手応え。少ないながらも、わっという歓声。大和の前で、キング下仁田が尻もちをついていた。

## 6

「かつ丼で」

「大盛り?」

「あ、大盛り」

笑子がボクシングの試合を観た翌日、店を開けてすぐに大和がやってきた。もし、昨日試合を観に行っていなかったら、笑子は悲鳴を上げていたかもしれない。野球帽で隠そうとしてはいるものの、大和の顔はあちこちアザになっていて、右目の上などはごまかしきれないほど腫れ上がっている。まるで、四谷《よつや》怪談のお岩《いわ》さんだ。

「今日はその、財布もちゃんと持ってきたんで」

笑子が「それはよかった」と、冗談めかして言葉を返すと、大和は顔を真っ赤にしながらうつむく。その様子がかわいらしくて、笑い上戸の笑子は思わず噴き出した。

「あ、あの」

「は、はい？　なんでしょう」

「昨日の試合、観に来てましたよね？　その、ボクシングの」

「えっ」

笑子が驚いて「見えてたの？」と聞くと、大和は、狭い会場なんで、と照れくさそうにうなずいた。リング上の大和の顔が見える距離だったのだし、逆にリングから笑子の顔が見えてもおかしくはないのだろうけれども、大和が気づいていたとは思わなかった。

「うちのかつ丼なんかのせいで試合に出られなかったら、って気になっちゃって」

「いや、あれは完全に俺が悪いだけなんで」

「とはいえ、ねえ」

「やっぱりその、昨日は俺を観に来てくれたんすか」

「そうよお。ボクシングなんて初めてだったから興奮しちゃって。最後すごかったわね」

「ええ、ああ、まあ、負けちゃいましたけどね」

「ねえ、あれ、どうして負けなの？」

最後のラウンド、大和のパンチを受けた相手が倒れたので、笑子はてっきり大和が勝ったものだと思ったのだが、結果は大和の負けだった。大和の説明によると、最後に相手を倒しはしたものの、全体的には劣勢だったので、判定で負けてしまったそうだ。

話を聞きながら出来上がったかつ丼をカウンターに出すと、大和は待ってましたとばかりに、気持ちがいいほどの勢いでもりもりと肉や米を口に放り込んでいく。見ている笑子が、思わず笑ってしまうくらいだ。

「やっぱうまい」

あっという間に大盛りのかつ丼を平らげた大和が、腹をさすりながらお茶をすする。顔はぼこぼこで痛々しい限りだが、腫れていない顔半分だけが満足げだ。それを見て、笑子はまたも堪《こら》えきれず、盛大に噴き出した。

「おかみさん、その」

「あら、おかみさん、なんて恥ずかしいからやめて。えみちゃん、でいいから」

「え、えみちゃん？」

「そう。私ね、笑う子、って書いて、えみこ、っていうの。小さい頃から親にも友達にもそう呼ばれてきたから、えみちゃん、が一番しっくりくるのよね」

大和が生真面目にうなずきながら、え、えみちゃん、と、不器用に笑子の名前を呼ぶ。

「この間は迷惑かけちゃいましたけど、また、食いに来てもいいっすか」

「もちろん。いつでもいらっしゃって」

減量中でなければ、と、笑子が意地悪を言うと、大和は表情を固めて、それだけは絶対にしないっす、と、真顔で何度も首を横に振った。

「とんかつって縁起がいいからね。ボクサーの人にはいいと思うわよ」

「縁起？」

「よく言うでしょ。かつを食べて、相手に勝つ。勝負事の時は、やっぱりかつが一番」

大和は、ああそういう、と苦笑いをしながらうなずいた。

「揚げ物って、胃によくなさそうすけどね」

「とんかつ食べたくらいで胃もたれしてるようじゃ、そもそも勝負になんて勝てないわよ。勝負は気合が大事なんだから。かつ食べて、勝つぞ！　っていう」

「まあ、食べても負けたんすけど」

「もう、君はずいぶん否定的なことばかり言うのね、若いのに」

「すんません。今、三連敗中で」

「大丈夫よお。昨日だって惜しかったんだから。次は勝つ、だからドンマイ」

ああ、「勝つドン」か、と、大和がようやく笑顔を見せた。まだまだ少年の面影が残っていて、なんだかかわいらしい笑顔だ。半分お岩さんだけれど。

「そうそれ」

「それ？」

「苦しい時こそ、笑顔を絶やしちゃだめなのよ」

「笑顔すか」

「笑う門には福来る、って言うでしょ」

「なんかでも、苦しいのにヘラヘラしてるやつとか気持ち悪くないすか」

「もう、君はすぐ否定的なことを言う」

さあほら笑ってみなさい、と笑子に言われるがまま、大和が口角を上げて笑う。お岩さんが顔半分だけ笑ったのを見て、笑子は堪えるのをあきらめ、口を開けて大笑いする。

## 7

「よう、出てるか、汗」

「いや、全然っす」

ジムの隅っこに置かれた石油ストーブの前で、毛布をかぶった大和はひたすら汗を出そうとしていた。前の試合から四ヵ月、プロ四戦目の試合が迫っている。計量までに、まだ一キロほど落とさなければならない。でも、ガンガンに焚《た》いたストーブの前にいても汗が滴り落ちてくることはなく、じわりとにじむ程度だ。

「いけそうか？」

「さあ、わかんねっす」

試合前は、まだ慣れない減量の過酷さで、まともに頭が働かなくなる。気が立ってイライラするし、声を出すことすら億劫《おっくう》だ。日頃お世話になっている会長にさえ、きつく言い返してしまうこともあった。

大和の階級は、フライ級だ。契約体重は百八ポンドから百十二ポンド。キログラムに直すと約四十九キロから約五十一キロの間。普段は六十キロ程度ある大和は、十キロ弱の減量が必要になる。ただでさえ体重を十キロも落とすのは大変なのに、毎日トレーニングをしているボクサーの十キロ減は、一般人のダイエットとは次元が違う。例えて言うなら、固く絞った雑巾をさらに絞って、カラカラになるまで水気を絞り出すようなものだ。

大和の場合、減量に入るのは試合の一ヵ月前から。地方の小さいジムに所属しているボクサーは大手ジムやプロモーター側の都合で急に試合が決まることが多いので、普段から短期間で体重を落とすクセをつけておく必要がある。減量に入ったら、最初の半月は食事の量をぐっと減らし、逆に練習量は増やす。食べられるのは、葉物野菜とかキノコ、少量の鶏ささみ、そしてご飯が一口だけ。一週間で三、四キロは簡単に落ちるが、地獄はそこからだ。数キロ落ちた後は、途端に体重が減らなくなる。皮下脂肪など元からほとんどないし、体が飢餓状態と勘違いして代謝を落としてしまうからだ。
　試合前最後の一週間は「水抜き」の期間で、食べ物はおろか水さえ飲まずに、体から水分を絞り出す。喉が渇いても口をゆすぐだけ。少しでも飲んだら負けだ。飢えと渇きで思うように動かない体に鞭打《むちう》ってハードな練習をこなすと、ようやく百グラム落ちる。練習後、ぎゅうぎゅう鳴る腹を抱えて無理矢理眠ると、翌朝また百グラム落ちている。水抜きが進むと、尿はおろか汗や唾液すら出なくなって、皮膚はカサカサになっていく。せっかくトレーニングでつけた筋肉も、栄養不足で落ちてしまう。最後の一、二キロは、そうやって削り落としていくしかない。

　よく、なんでそんな苦しい思いをして減量をするのか？　と聞かれることがある。普段の体重で無理なく試合できる階級で戦えばいいのではないか、ということだろう。でも、ボクシングはパンチを打ち合うシンプルな競技である分、如実に体重の影響が出る。ギリギリまで減量して五十キロの体を作った人間と、脂肪も含めて五十キロの人間では、筋肉量にかなりの差がつくのだ。試合に勝とうとすれば、多かれ少なかれ減量が必要になる。

　ならば、どうして、そこまでしてリングに上がるのか。

毎日走って、疲れて倒れ込むまでトレーニングをして、体の痛みを我慢し続けて。試合ではお互いの頭部に全力でパンチを打ち込む。一歩間違えれば、最悪の結果を招くこともある。プロボクサーは、普通の人よりも死に近い場所で毎日を生きているのかもしれない。だからこそ、生きる喜びを色濃く、強く感じる。

試合の後、減量苦から解放されてようやく口にする普通の食事。一口目は、脳がとろけてしまいそうなほどの快感だ。胃袋に入った食べ物からじわじわと溢れ出してくるエネルギーが全身の血管を駆け巡って、体に染み込んでいくのがわかる。たとえ話ではなく、はっきりと知覚できるのだ。

ボクサーの現役生活は、他のスポーツと比べても決して長くはない。リングに立てる回数は限られている。つまり、「試合後のメシ」という人生最高の食事ができる回数も多くはない。引退して二度と味わえなくなる前に、その喜びをできるだけ多く感じたい。減量と厳しい練習に耐え、試合に勝った後に食べる『梅家』のかつ丼は、きっと世界中のどんな食べ物よりもうまいだろう。

次は絶対に勝つ。そうぼそぼそつぶやきながら、噛み続けていた味のないガムを、わずかな唾液と一緒に吐き出した。リミットまで、あと一キロだ。

## 8

「いらっしゃいませ！」

お昼をとうに過ぎた夕方近くだというのに、お店はひっくり返るような忙しさだった。大柄な学生さんたちが大挙してやってきて、口々に注文を入れる。笑子は小狭い厨房で右往左往しながら、必死に手を動かし続けている。

とはいえ、残念ながら、自分の店が繁盛しているわけではない。

笑子が働いているのは、『梅家』からほど近い商店街の一角にある『マンプク食堂さとう』という大衆食堂だ。その名の通りとんでもない盛りの料理を出すお店で、商店街近くの私立高校に通う運動部の腹ペコたちが、安さとボリュームを求めてひっきりなしに来店する。笑子が『マンプク食堂』で働いているのは、いわば「出稽古」だ。店を継いでから三年の月日が経ち、少し調理にも慣れてきたとはいえ、『梅家』を繁盛させるためには、料理人としてもっと経験を積まなければならない。そこで、店の休業日は休みを返上し、他の繁盛店で働かせてもらうことにしたのだ。

「唐定大《からていだい》一丁！　お後、カツカレー！」

「そんなでけえ声出さなくても聞こえてるってんだよ！」

よく通る奥さんの声が聞こえると、タオルをねじり鉢巻きのように巻いた威勢のいい旦那さんが、半ば悪態のような返事をする。壁一面に貼られたメニューは膨大な量で、調理工程も手順も食材も様々。茹でるもの、炒《いた》めるもの、揚げるもの。あらゆる調理を、旦那さんはほぼ一人で全部こなしてしまう。その様子はさながら、竜巻や嵐のようだ。

笑子は、その嵐の中に飛び込んで調理補助を行わなければならない。

「えみちゃんよ、かつ揚げてくれ。ロース!」

「は、はい!」

「かつは得意分野だろ? なんたって本業だからな!」

大きな鉄の中華鍋をがこんがこんと鳴らしながら、旦那さんが大声を出す。旦那さんは年齢で言えば笑子よりも少し下だが、もちろん料理人としての経験は遥《はる》かに上で、厨房の中においては師匠だ。笑子は指示通り、すぐにかつの調理に入る。工程こそ自分の店で作る時とほぼ同じだけれど、ここでは悠長に時間をかけてはいられない。かつの準備をしている間に親子丼を仕上げなければならないし、もうじき麺が茹で上がる味噌ラーメンのスープも用意しなければならない。

「おい、ケチババア。飯なんかケチってねえで、もっと盛ってやれってんだ」

「あのね、自分の妻をババア呼ばわりはどうかと思いますよ」

背後では、カツカレーのご飯の量をめぐって旦那さんと奥さんが言い合いをしている。

もはやこれもお店の名物のようなもので、口の悪さほど仲が悪いわけではないということはお客さんもわかっているようだ。ぶつぶつと文句を言いながら、奥さんが半ばやけくそで白いご飯をよそい足した。並盛りでも他店の大盛り以上はあろうかという量なのに、もはやその倍は盛っている。

「おい、えみちゃん、そのかつよ、それじゃあだめだ」

頭の後ろに目でもついているのか、旦那さんは笑子の手元を見た様子もないのに、今まさに油に入れようとしていたかつにだめ出しをする。言われてみれば、確かに衣のつきが甘い部分がほんのわずかあった。おそらく、衣をつけてからつまみ上げたときに、指でパン粉を剝がしてしまったのだろう。

「そのまま揚げるとな、衣と肉の間に油が入って、ペラペラ剝がれちまうからな。衣が剝がれたらうま味と水気も逃げて、固くてまずいかつの出来上がりだ」

「す、すみません。急がなきゃと思ってしまって」

「まあ、あんまり客を待たせるわけにはいかねえが、かといってうまくねえもんを出すわけにもいかねえんだ。気をつけてくれ」

「はい。気をつけます」

しっかり衣をつけ直し、慎重に油へ落とす。カツカレーのかつは少し薄めで、高めの温度で一気に揚げる。もちろん、肉をケチっているわけではなく、その方がカレーソースと馴染みがいいからだそうだ。

「料理ってやつは、手をかけ出したらキリがねえし、いいもん、うまいもん、と追いかけて行っても天井がねえよな」

流しで中華鍋をがしがしと洗いながら、旦那さんが背中越しに話を始める。笑子は子供のげんこつほどの大きさがある唐揚げをフライヤーに落としつつ、話に耳を傾けた。

「だからな、いつも自分が一番飯を食わしてやりてえ相手を思い浮かべるんだ。そいつがうまいって喜んでくれるもんを出せてりゃ、ちゃんと客もつく」

「一番、食べてもらいたい相手、ですか」

「そうだよ。飯屋だって人間だからな。忙しいときゃ、客一人一人に気なんか遣ってらんなくなるだろ？　そうすると料理ってのは作業になっちまうんだ。それじゃあうまいもんなんか作れねえ。だから、自分が一番喜ばしてやりてえ相手を頭に置いとくんだ」

「旦那さんは、誰を思い浮かべてるんです？」

「俺ぁな、やっぱりセガレさ。ガキのくせに大飯食らいでな。あんな貧乏舌にマズイって言われる飯を作っちまったら、もう飯屋のオヤジ失格、即引退、廃業だな」

一番喜ばせたい相手。無意識に、かつ丼をほおばる大和の顔が頭に浮かんだ。

三年前に初めてお店に来て以来、大和はほとんど日を置かず店にやってくる。頼むのは、いつもかつ丼だ。試合が決まると減量前最後と言って食べに来るし、試合が終わると、本来なら胃腸に優しいものを食べなければならないのに、『梅家』のかつ丼じゃなきゃ嫌だからと言って店にやってくる。大和とはあくまでも店主と常連客という関係でしかないけれど、やっぱり、あの子においしいと言ってもらいたいと笑子は思った。

「えみちゃんには、誰かいねえのか」

「そうですね、一人、います」

「じゃあ、そいつにできるだけうめえとんかつ作ってやんな。人生なんて、なにが起こるかわからねえんだ。いつまで食わしてやれるかもわからねえからな」

「はい、頑張ります」

揚げたてのかつに素早く包丁を入れる。さくっ、という軽やかな音。切り分けたかつ二枚分を、たっぷりカレーをかけた小山のようなご飯の上に載せればカツカレーが完成だ。それにしてもよくこんなに食べられるわね、と笑いながら、笑子は「カツカレーあがり!」と声を張った。これが終わったら、次は卵を五つも使う巨大オムライス。今日こそは卵をとろっと仕上げられるようにならねば、と、お腹《なか》に力を入れる。

## 9

練習が終わってジムのシャワーを浴びると、大和はそそくさと荷物をまとめにかかる。

今日は、練習後に『梅家』へ行くと決めていた。初めて『梅家』に行ってから三年、週に五日はかつ丼を食べている。もはや、大和の体のほとんどは、『梅家』のかつ丼でできている、と言っても過言ではないくらいだ。

試合前には減量があるとはいえ、普段はできるだけしっかり食事をとらなければならない。減量を怖がって食事をセーブすると、強度の高い練習ができなくなるからだ。しっかり食べて、がっちり練習をする。ボクサーの日常は、減量中とは真逆だ。

「よう、大和。帰る前に、ちょっと話、いいか」

「え、その、手短にお願いできますか」

カバンを背負い、今まさにジムを出ようとしたところで、会長が大和を呼び止めた。出鼻をくじかれて、思わず足踏みをする。

「なんだ、その様子はお前、また例のえみちゃんのとこ行く気だな」

「そうなんすけど、なんでわかるんすか」

「顔にかつ丼て書いてある」

「さすがにそれはないっす」

会長はへらへらと笑ったが、すぐにすっとまじめな表情に戻った。

「で、話ってのはな、試合の申し込みがあった」

「いいすね。相手は？」

平田美明《ひらたよしあき》だよ」

「平田、って――、日本チャンピオン、じゃないすか」

「そうだ。タイトルマッチになる」

「平田美明はアマチュア時代に五輪代表の候補にも上がったエリートボクサーだ。昨年、鳴り物入りでプロへ転向。前評判どおりあっという間にランキングを駆け上がり、プロ四戦目にして日本チャンピオンを5RでKOしてベルトを巻いた。その平田が、初防衛戦の相手に、と、試合を申し込んできたのだ。大和は、日本フライ級十二位。プロ四戦目でようやく初勝利を挙げ、その後三年間、勝ったり負けたりを繰り返しながらようやくランクインしたばかりで、知名度も実力も平田には遠く及ばない。

「なんで俺なんかにそんな話が？」

「向こうの会長さん曰《いわ》く、勉強させてやってほしい、とよ」

「そんなわけないすよね」

「当たり前だ。平田はもう世界を見据えてる。国内でやるのは、あと一、二戦だろう」

「そんなやつが、俺みたいなのと試合するってことは――」

「わかるだろ、なあ」

「……嚙ませ犬、ってことすか」

平田は、もうじき世界のベルトを目指す。軽量級に多い途上国出身のチャンピオンは、敵地での試合もいとわない。自国開催よりも多額のファイトマネーを稼げるからだ。平田が客を呼べる人気ボクサーになれば、そういうチャンピオンを日本に呼んで、有利に試合ができる。ボクサーが人気を得るための一番の方法は、もちろん派手なKO勝利を見せることだ。格下の大和に声がかかったのは、つまりはそういうことだろう。

「俺が勝手に決めるわけにもいかんから一応話しといたが、この話は断っておくぞ。いいな？」

「いや、会長。俺、やりますよ」

「おい、なに言ってんだ。あの平田相手だぞ？」

「でも、こんなおいしい話、次いつ来るかわからないじゃないすか」

「勝てりゃ、な。お前、平田に勝つつもりでいるのか」

「負けるつもりで試合するボクサーはいないすよ」

「試合まであんまり時間がねえんだ。減量がきつくなるぞ」

骨格や筋肉が成熟して大人の体つきになってきたことで、大和の減量は以前よりさらに過酷なものになっている。対する平田は、ほとんど減量の必要がないそうだ。持って生まれたパンチ力や並外れた技術があれば、体格差も打ち消してしまえる。平田とやるときは、コンディションにかなりの差が出てしまうだろう。でも、それでも——。

「会長、こういうのはね、カツドンなんすよ」

「かつ丼？　なに言ってんだ」

「絶対勝つ、どんと来い、ってね」

　会長が大和を守ろうとしてくれているのはわかる。でも、日本チャンピオンのベルトを獲《と》った後に食べるかつ丼は、きっととてつもなくうまいに違いない。プロボクサーになったからには、一度はその勝利の味を味わってみたい。そう思うと、万が一の可能性にも賭けてみたくなる。

「カマセになんかなることたあねえんだぞ。変な意地を張るなよ」

「すんません。でも俺、やっぱベルト欲しいんで」

## 10

「かつ丼で」

「大盛りね？」

「うん。大盛り」

　眉間にしわを寄せてお品書きを見ていた大和が、いつもと同じ結論を出す。笑子は、お品書きいらないのに、と笑いながら調理に入る。

『梅家』は日々進化を続けている。豚肉は少しランクが上がり、パン粉は『マンプク食堂』の旦那さんの紹介で、地元のベーカリーから生パン粉を卸してもらうことにした。生パン粉は乾燥パン粉よりも焦げにくいので、低温からじっくり揚げることができる。今までより肉も厚くできるし、衣の食感もよくなった。それから、お米も以前より等級の高い国産米に変えた。「飯屋は白飯《シロメシ》がうまくないと終わり」という師匠の言葉を受けての変更だ。最近は、どうすればお客さんにもっと喜んでもらえるか、試行錯誤するのが楽しい。

「えみちゃん、またなんか変えたでしょ」

「え、わかる？」

不器用な箸遣いでかつを一口食べた大和が、顔を上げて笑子を見る。

「わかるよ。またうまくなってる」

「そうなのよ。油を変えてみたの」

とんかつ屋にとって、揚げ油は店の味を決めるものだ。いろいろ試した結果、笑子は豚脂《ラード》を使うことにした。動物性の油は植物油よりも酸化しにくいので、揚げ油に使っても悪くなりにくい。大量の豚の背脂を鍋で炊き出して作る「炊きラード」は、工業生産される精製ラードよりも旨《うま》みと香りが強くて、かつがおいしく揚がる。作るのに手間はかかるけれど、お客さんの笑顔には代えられない。

「よくわかったわね」

「そりゃ、週五で食べてるから」

誰かのために、心を込めて料理を作る。そして、その思いを受け止めてくれる人がいる。それは、飲食店を営む者にとって代えがたい幸せだ。大和がおいしそうに食べてくれるので、笑子はついつい儲け度外視で頑張ってしまう。

「でも、明日からまたしばらく食べに来らんない」

「試合、決まったの？」

「相手は、日本チャンピオンでさ。勝てば、俺がチャンピオン」

え、すごいじゃない、と、笑子は思わずカウンターから身を乗り出した。

「俺が勝って、勝因はなんですかって聞かれたら、『梅家』のかつ丼って答えとくから」

「ええ、そんなの、もったいないわよ。もっと他に言うことあるでしょ」

「でもきっと、お客さんいっぱい来るよ。お店も大繁盛。そうなったら嬉しい？」

「そりゃあ、繁盛したら嬉しいけど」

「けど？」

「でも、君が日本一のボクサーになるのが一番嬉しいよ。あの子、うちのお客さんなの、って自慢しちゃう」

二切れ目のかつを口に運ぼうとしていた大和が、どんぶりにポトリとかつを落っことした。思わず目を見合って、お互い声を殺して笑う。

「勝てるかな」

「年がら年中かつ丼食べてるんだもの。ゲン担ぎもそろそろ充電完了よ」

「すごい強い相手だから、勝てる気はしてない」

「また否定的なことを言う」

「しょうがないよ。そんくらい強いからね」

大和は一旦箸を置き、利き手の右拳を何度も握ったり開いたりしながら、どこか遠くを見るような目をした。初めに来た頃はまだまだ少年という感じだったのに、いつの間にか、勝負の世界で生きる人間の顔つきになってきている。頼もしくもあり、危うくもある。成長が喜ばしくもあり、この狭苦しい店から羽ばたいていってしまうような寂しさも感じる。

「じゃあほら、笑って。苦しい時こそ笑顔を絶やさない」

「試合中にずっとにやにやしてるやつとか気持ち悪くないかな」

「試合中にずっとにやにやしてなさいとは言ってないわよ」

もう少し大和と話をしていたかったが、新しいお客さんが店にやってきた。笑子は、「ゆっくり食べていってね」と声をかけて、接客に戻る。なにか言いたそうな大和の表情が、かすかに笑子の後ろ髪を引いた。

# 11

腹、減ったなあ。

ライトが眩《まぶ》しい。水の中にいるようにくぐもった音が耳にうるさい。俺は、こんなところでなにをしていたんだっけ。俺は、誰だっけ。名前は、林大和。職業はプロボクサー。一昨日《おととい》、新幹線で東京までやってきて、今は――。

はっとして、大和は体を起こした。目の前でレフェリーがカウントを取っている。ここは後楽園《こうらくえん》ホールのリングで、今は日本フライ級チャンピオン・平田美明との試合中だ。記憶が飛んでしまっているが、状況的に、大和はパンチをもらってダウンしたのだろう。ボクサーとしての本能がカウントを拒否し、なんとか立ち上がる。レフェリーが大和の目を覗き込み、やれるか？　と続行の意志を確認した。足がふらつくのをごまかし、まだできる、とアピールしなければならない。

前評判通り、平田は強かった。同じ階級であるはずなのに、大和よりも十センチ背が高く、スピードもテクニックもあって、軽量級とは思えないほどパンチが強い。その上、きつい減量から回復しきれていない大和と違って体調万全で血色もよく、スタミナも十分だ。試合中盤だというのに汗すらかいていない。

こんなやつに、勝てるわけないじゃん。

試合を受けると言ったのは自分なのに、それでも恨み言を言いたくなった。大和が地獄のような苦しみを味わいながら体重を削《そ》ぎ落としてなんとか得ようとした体格のアドバンテージを、平田はまったくものともしないのだ。

腹、減ったなあ。

意識が飛びかけているのか、真剣勝負の最中だというのにそんな言葉ばかりが大和の頭の中を駆け回る。思い出すのは、『梅家』のカウンター席と、笑子の笑顔。そして、いつものかつ丼。試合に勝ってえみちゃんの前でかっこつけたい、という自己顕示欲が、今にも途切れそうな意識をかろうじて繋《つな》ぎ止めている。

人間が生きていくためには、人生に報酬が必要らしい。けれど、ボクサーが報われるのは、試合に勝利したときだけ。年にたった数度しかチャンスがない。来る日も来る日も苦しいトレーニングに明け暮れ、辛い減量を乗り越えてようやく辿り着くリング。でも、負ければまた一からやり直しだ。つきまとうのは、終わりのないハングリー。それでも、大和がボクシングを続けることができたのは、『梅家』のかつ丼というささやかな人生の報酬があったからだ。苦労した後に、おいしいごはんが待っている。そんな小さな喜びだけで、大和は頑張ることができた。

「ノークリンチ！　ファイト！」

ダメージを回復させようとなりふり構わず平田に組みついた大和の体を、レフェリーが無情に引き剝がす。試合が再開すると、反応が一瞬遅れて棒立ちになった大和の腹に、平田が強烈なパンチを突き刺した。空っぽの胃袋が突きあがり、内臓が痙攣《けいれん》する激しい痛みで息ができなくなる。顔面にパンチを受ければ意識が飛んで痛みも感じないが、腹へのパンチは一発一発蓄積して、苦痛が長く続く。しゃがみこんで手をつき、そのまま立ち上がらなければこの苦しみから解放されるのに、大和は無様にもがきながら、平田の猛攻に耐え続けていた。あれだけ苦しい思いをしてきたのに、このまま無名のボクサーで終わるのは嫌だった。

なにか証《あかし》が欲しい。ボクサーとして生きた証。

チャンピオンベルト。

一年ほど前から、大和は手の震えを感じるようになっていた。普段、日常生活を送っているときに、手がぶるぶると震えて止まらなくなる。字を書くとき、ものを持ち上げるとき。そして、食事をしようと箸を持ったとき。会長に知られたら、ボクサーは廃業せざるを得なくなるだろう。あと何試合できるかわからない。そんな不安に苛《さいな》まれている中、タイトルマッチの話が来た。勝ち目がなくても、大和は断ることができなかった。

頭を打って倒しても起きてくるとみるや、平田は大和の腹を執拗《しつよう》に狙って心を折ろうとしてくる。腹を打たれ続けると息を吸っても空気が入ってこなくなって、足は止まり、パンチに力を入れられなくなる。あきらめろ、ひざまずけ。もう試合は決まった。そんな平田の言葉が、拳を通して全身に響いてくる。このままでは、なにもできずに倒れるしかない。その前に、試合を止められてしまうかもしれない。

——苦しいときこそ、笑顔を絶やさない。

腹にばかり注意が向いてしまっていたのか、大和は強烈なパンチをこめかみに受けてしまった。耳がきんと鳴って、現実が遠ざかっていく。周囲の音が聞こえなくなると、笑子の声が聞こえた気がした。そうだった、笑顔、と、大和が口角を引き上げて無理やり笑うと、好き放題大和を殴り続けていた平田が、わずかに躊躇《ちゆうちよ》した。一瞬の隙。一秒にも満たないその隙をついて、大和は平田の胸元に頭から突っ込んだ。平田の視線が自分の顔に向いている。今しかない。大和は、試合中ずっと隠してきた必殺のパンチを放った。デビュー間もない頃、キング下仁田をダウンさせた「見えないフック」だ。右拳が孤を描き、平田の顔面を捉えた。

## 12

最後のお客さんを送り出すと、『梅家』はしんと静まり返った。午後九時の閉店時間。本来なら掃除をして明日の営業に備えなければならないのだが、笑子は椅子に座ってぼんやりと店の出入口に目をやったまま、しばらく動けずにいた。店の一番の常連であった大和が来なくなってから、もう三ヵ月が経つ。閉店時間を過ぎても、しばらくは店を閉めずに大和を待つのが、ここ最近の笑子の日課になっていた。

あの日、大和が挑んだタイトルマッチを、笑子は『梅家』の店内で観戦していた。わざわざ有料放送の契約をし、お店も夜営業を休んで万全の態勢でテレビに向かったのだが、試合開始早々、大和はいきなり劣勢に立たされた。素人の笑子ですらわかるほど実力差は歴然で、相手選手は圧倒的に強かった。３Ｒが終わる頃には大和の顔が別人のように腫れ上がっていたのに、相手は赤み一つない涼しい顔をしていた。

５Ｒ、顎に強烈な一発を受けて、大和は膝から崩れ落ちるように倒れた。笑子は思わず目を覆ったが、応援しているだけの笑子が逃げるわけにはいかない。すぐに姿勢を正してテレビ画面を凝視したが、もう、頑張れ、とは言えなかった。なんとか立ち上がった大和だが、力が残っていなかったのだろう。相手選手の猛攻に、立っているのがやっとだった。

その瞬間、画面にアップで映し出された大和の顔は、笑っているように見えた。

気のせいだろうか。でも、攻勢を強めていた相手選手がぎょっとして止まったように も見えた。そのほんの一瞬の間隙をついて、大和は野球のボールを投げるように大きく 拳を振った。今思えば、笑子が初めて大和の試合を観た時と同じ動作だったかもしれな い。だが、大和の右拳は相手選手の顎には届かなかった。逆に、下からお腹を叩《たた》かれた 大和の体がくの字に曲がった。大和が苦悶《くもん》の表情を浮かべて、口からマウスピースを吐 き出す。チャンピオンが間を与えずに思い切り拳を振り抜いて、大和の顎を打ち抜いた。 そこから、大和は何発のパンチを浴びたのだろう。笑子が、もうやめて、と、叫んだ直 後、唐突に試合は終わった。レフェリーが二人の間に割って入ると、大和は糸の切れた 人形のようにがくりと力を失い、リングに飛び込んできた会長さんに抱きかかえられた。

その後、リングの中央で仰向けのまま動かない大和の足が映し出され、担架が運び込 まれたところで中継は終了してしまった。大和は、もしかしてあのまま――、という言 葉が浮かんでくるのを振り払うように、笑子は何度も首を振る。少し落ち着いたら、ま た店に来てくれるに違いない。そう信じて、三ヵ月間、毎日じっと待ち続けていた。

「まだ、やってる?」

うつむいてぼうっとしていたところに突然声が飛んできて、笑子は驚きのあまり軽く飛び跳ねた。おそるおそる出入口に体を向けると、そこには、上下ジャージ姿の大和が立っていた。顔に試合の痕跡は残っていなかったが、頬はこけ、目が落ち窪んでいる。試合の後はいつもげっそりとしているが、それとはまた雰囲気が違った。命を研磨したような鋭さはなく、命を消費しつくしてしまった抜け殻のように見えた。

「どうぞ、座って」

無理矢理笑顔を作って、大和を招き入れる。出入口からすぐのカウンター席。大和は、ゆっくりとした動作で浅めに腰を掛けた。

「いつものでいいよね？」

普段なら、大和がお品書きを眺めている間、笑子は口を出さずに待っている。でも、今日はふらりと大和が出て行ってそのまま戻ってこなくなるような気がして、半ば強引に注文を決めた。大和は、うん、とも、いや、とも言わなかった。

「もう、営業時間、過ぎてる」

「いいのよ別に。私のお店なんだし、私の気持ち一つでどうとでも」

親子鍋と丼つゆを素早く用意して火にかける。豚肉を切り出して下味をつけ、テンダーライザーを使って筋を切る。小麦粉を卵水《らんすい》で溶いたバッター液にくぐらせ、生パン粉で包み込む。試行錯誤を繰り返し、材料や作り方を変え、毎日何度も何度もかつ丼を作っているうちに、体が完璧に動作を覚えてしまった。今ではもう、頭で考えなくても澱みなく手が動く。何千回、何万回と同じところにパンチを打つ練習をするボクサーと同じだ。

「どうしてたの？　試合の後。全然来ないから心配してた」

平静を装って無理に明るく話しかけたが、声が上ずった。大和はにこりともせず、聞こえるか聞こえないかくらいの音量で、ぼそぼそと返事をした。

「一ヵ月くらい入院してたんだ。はじめの一週間はなんも覚えてないんだけど」

「意識がなかった、ってこと？」

「そう。試合をやったことも覚えてない。負けたってことは後から聞かされた。最近ようやく、ちょっとずつ思い出してきてるけど」

「そんな、大変なことに」

「退院してからはリハビリに通ってたんだ。今日も、さっきまで病院。ようやく一人で外を歩いていいって言われて、帰りにここを通りかかったら、まだ明かりがついていたから」

かつ丼を仕上げ、味噌汁とお新香をお盆に載せる。厨房から客席側に回って、大和の前にお盆を置いた。いつもはカウンター越しにお盆の受け渡しをしていたのに、どうして今日に限ってわざわざカウンターを回ったのかは自分でもわからない。大和は、手を膝の上に置いたままじっと動かなかった。

「お腹、空《す》いてない？」

大和は黙って首を横に振る。

「違うんだ」

「違う？」

大和が、膝の上に置いていた手をカウンターの上に置いた。節の目立つ両拳は一目でわかるほど小刻みに震えている。大和が力を入れてぎゅっと握っても、震えは一向に収まらない。むしろ、抑えようと力を入れるほど、震えが強くなっているように見えた。

「どう、したの」

「わからない」

「わからない？」

「なんで震えてるのか、医者もわからないってさ。ボクシングで頭を打たれたせいかもしれないし、他の原因かも。治るのか、このまま一生こうなのかもわからないって」

大和がどんぶりの蓋を持ち上げようとするが、摑もうとすると震えが強くなって、上手《うま》くいかない。見かねて、笑子が代わりに蓋を取った。割り箸を割って、大和に手渡す。でも、箸を使うことすらままならないようだ。幼児のようにたどたどしい手つきで箸を右手で持とうとするが、何度もお盆に落としてしまう。そのうち、箸は床に転がり落ちてしまった。笑子が新しい箸を割って差し出したが、大和はもう受け取らなかった。

「やっぱ無理だ。食べられない」

「そんなことない」

「手に力が入らなくて、箸がまともに持てないんだよ」

「いつからなの？　試合の後？」

「一年くらい前から」

バカ、と、反射的に声が出た。

「どうしてそんな大事なことを言わなかったの」

「放っておけば、そのうち治るかもしれないって思って」

そういえば、と、試合前、最後に大和が店にやってきた日のことを思い出した。大和は、何度かかつを掴み切れずに落としていたのだ。もしかしたら、あのときに大和は震えのことを笑子に打ち明けようとしていたのかもしれない。なにか言いたげな大和の表情には気づいていたのに、笑子は他のお客さんの対応に追われた。ちゃんと話を聞いてあげられていたら、こんなことにはなっていなかったかもしれないのに。

「命にかかわることなのよ？」

「俺にとってはさ、ボクシングが、人生とか命とか、そういうもんだったんだよ」

大和の目から、涙がこぼれた。そのひとしずくが呼び水となって、次から次へと涙の粒が溢れ、頬を転がる。大和の気持ちが体に染み込んできて、笑子の胸をえぐった。店主と客。それだけの関係でも、目の前にいれば感情は繋がる。

「終わりなんだ」

「終わり？」

「こんなことがあった以上、もう試合はさせてもらえない」

「ボクシングだけがすべてじゃないのよ」

「俺の人生なんて、他になにもないんだ。元々なんの価値もなかった人生でさ。ようやく一個だけ夢を見つけたのに、全部なくした。もう、どうすればいいかわかんない」

俺はなんのために生きたらいいと思う？　という一言が、笑子にはたまらなく悲しかった。そう簡単に、これならどう、などとは言ってあげられない。でも、気持ちはよくわかる。病気で倒れた父の介護に長い時間を費やし、ようやく見つけた家庭という居場所はある日突然泡のように消え、やりたくもないとんかつ屋を生活のために継ぎ、毎日毎日、油の前に立って一日を過ごし——。

私だってずっと、君と同じだったんだもの。

「君はそうやって、すぐに否定的なことばかり言う！」

笑子は、まだ一口も手をつけられないまま冷めかけているかつ丼のお盆を持ち上げた。

笑子にだって、笑いたくない日もあるし、泣きたくなる日もある。でも、顔を上げて笑顔を作るしかない。泣きながらでも、お腹が空いたらごはんを食べるしかない。だって、生きているんだから。

「えみちゃん、俺は――」

「座ってなさい！」

袖をまくって、よし、と気合を入れる。使い込んだ銅鍋に満たされたラードにもう一度熱を入れると、濃い油の香りがふわりと漂った。

## 13

「これ、なに？」

「見ればわかるでしょ。かつ丼よ」

かつ丼？　これが？　と、大和は思わず笑子に目を向ける。

厨房に戻った笑子がもう一度調理を始めるのを、大和はただ見ているしかなかった。

かつを揚げる音、つゆを煮る音が聞こえ、しばらくして大和の前には見たことのない料理がやってきた。ご飯とかつ、そして丼つゆで煮た玉ねぎと卵とじ、という組み合わせは確かにかつ丼と同じだ。でも、これを「かつ丼」と言われても、首を傾げるしかない。

笑子が「かつ丼」と言うそれは、普段カツカレーに使われているステンレスの皿に盛りつけられていた。真ん中にはおそらくご飯がこんもりと盛られているのだが、とろとろの半熟に仕上げられた卵とじがそれを覆い隠している。見た目はまるで洋食屋のオムライスだが、山の頂には厚切りのかつが一枚分載せられていた。普段のかつは縦に五等分されているが、目の前のかつはさらに横にも二筋包丁が入れられて、一口サイズに整えられている。端っこにはカレーの福神漬けよろしくお新香が添えられ、青ネギが彩りとして散らされている。味噌汁は、取っ手のついた洋風のカップに注がれていた。

「えみちゃん、これって……」

「お箸なんか使えなくてもね、かつ丼くらい食べられるんだから」

笑子は大和の震える右手にスプーンを握らせると、おしぼりでぎゅっと縛る。ボクシングでバンテージを巻いた時のように、スプーンを持った手ががっちりと固定された。

「食べて。食べるのよ」

これなら食べられるかも、と思うと、ようやく「かつ丼」に意識が行った。一口大にカットされたかつの断面は、ほのかなピンク色。衣は角がきりっと立っていて、見るからにさくさくしていそうだ。かつの下に広がる玉ねぎ混じりの卵とじは、油絵を思わせる魅惑的なマーブル模様を描いて、お店の照明の下でつやつやと輝いている。かつ、卵、白米。すべての要素をスプーンの上に集めて、口へと運ぶ。それらが舌の上でほどけると、ああ、とため息が漏れた。

甘じょっぱい、あの味。

丼つゆで煮ていないせいか、かつの衣の食感が際立っている。卵は普通の卵とじよりも緩い半熟でとろけるようで、スライスではなくみじん切りにされた玉ねぎの甘さもしっかり感じた。肉を噛むと、奥からじゅわっと旨みたっぷりの肉汁が溢れてくる。それぞれの味を感じながら口の中で何度か咀嚼《そしやく》すると、しだいにすべての味が一つに混ざり合っていく。初めて食べる味、見た目、食感。でも——。

「かつ丼だ」

一口めを喉に流し込むと、大和はそうつぶやいた。食べた瞬間の印象はかつ丼とは違う。でも、口の中ですべてが一体になった時、それは間違いなく『梅家』のかつ丼になる。大和が愛してきた、あの味だ。夢中で二口めをすくい、手の震えを抑えながら口に運ぶ。ああ、うまい。そう、ずっと、これが食べたかった。ずっと。

不器用に「かつ丼」を食べ進める大和を、笑子は隣に座ってじっと見守ってくれていた。以前のように、空腹に任せて一気にかき込むことはできない。震える手で、いらいらするほどゆっくりと、一口一口確かめるように口へ。でも、だからこそ、より強くその味が脳に刻み込まれる気がした。

「えみちゃん、うまい、よ」

大和が胸いっぱいに広がっていた思いを言葉にして外に出した瞬間、止まっていた涙がまた堰《せき》を切ったように溢れ出した。でも、頰に感じるのは絶望が押し出した冷たい涙ではなく、確かな熱を帯びた温かい涙だ。

「小さな幸せってなかなか気づかないから、未来に希望なんかない、って思っちゃうかもしれないけど、案外突然訪れるものよ。君が、うちの店に来てくれたみたいに」

「そう、かな」

「顔を上げて笑っていれば、すぐまた幸せに巡りあえるんだから。きっとね」

だから笑って、と、笑子が大和の肩にぽんと手を置く。そうだった。もし、あの日、『梅家』の厨房に立つ笑子が不愛想な表情をしていたら、大和は店に入ろうとは思わなかったかもしれない。「いらっしゃいませ」という弾んだ声と柔らかい笑顔が、減量中の大和を強く店に引き込んだ。その偶然の出会いが、大和の人生に小さな幸せをもたらしたのだ。たぶん、笑子にも。

「笑って、って言うけどさ」

「うん」

「えみちゃんだって泣いてる」

大和が最後の一口を口に入れて「かつ丼」を食べ終えると、隣でじっと様子を見ていた笑子の目からも涙がぽたぽたと落ちた。笑子が泣くのを見るのは、初めてのことだ。

「そんなことないよ。笑ってる。君が私の料理を食べてくれたのが嬉しいんだもの」

そう言いながら、目を真っ赤にした笑子が無理矢理笑顔を作った。「まだ泣いてるって」「そういうこと言わない」と言葉を交わすと、二人同時に声を出して笑った。泣いて、笑って、食べて。そっか、まだ生きてるしな、と、大和はおしぼりをほどき、スプーンを置いた。

「ごちそうさま」

きれいに食べ終えた「かつ丼」に、感謝を込めて手を合わせる。

震えは、ほんの少し、収まっていた。

## 14

「かつ丼や！」

よく通る芸人の声が聞こえて、笑子は我に返った。どうやら、自分の記憶の世界にしばらく入り込んでしまっていたようだ。時間は何分も経っていなかったのだろう。周りの人が、笑子がぼんやりしていることに気づいている様子はなかった。

「口の中に入れると、ちゃんとかつ丼ですね、これ。面白い！」

「普通のかつ丼と違って、かつが後のせだから衣の食感が実にいいね。小さくカットしている分、煮ると肉に火が通りすぎてしまうから後のせにしてるわけだね？」

「ええ、そう、そうなんです。かつはね、揚げ加減が大事なので」

食通タレントが得意顔で指摘をするが、笑子は正直、そこまでは考えていなかった。でも、せっかくのテレビなので、少し格好をつけてしまった。心の中で、ぺろりと舌を出す。

「なんでえみちゃんは、こんなかつ丼作らはったんです？」

「そのねえ、昔、事情で手が震えてお箸が使えなくなってしまった常連さんがいらっしゃって。でもね、かつ丼がお好きな方だったので、じゃあスプーンでも食べられるかつ丼を作ろう、って思いましてね」

一人の常連客のために作った「かつ丼」は、試しに店で出してみると、その見た目の珍妙さがウケて、しだいにお客さんが増えていった。今では、自分の中のかつ丼はこれ、とまで言ってくれる人もいる。人生はなにがきっかけで好転するか本当にわからないものだ、と、つくづく思う。だからこそ、生きるということは面白いのだけれど。

全国のテレビで『梅家』が紹介されたら、どれほどの反響があるだろうか。出演を勧めてくれたご夫妻の営む『マンプク食堂』のように、行列の絶えない人気店になってしまうかもしれない。従業員たちの夢は広がるだろう。でも笑子だけは、このこぢんまりとしたお店が大きくなっていくのを、少し寂しいと思ってしまうかもしれない。

「その常連の方は、今はどうされているんですか?」

「幸い、手の震えは治ったみたいでね。で、かつ丼好きが高じましてね——」

笑子が厨房に顔を向けると、まだ緊張で固まっている三代目店主と目が合った。昔は優しい顔つきの青年だったのに、かつ丼を食べ過ぎたせいか、今は見る影もなく太ってしまった。笑子が、「ちゃんと笑って」と言うように自分のえくぼに人差し指を添えると、ようやく福々しい笑みを浮かべた。

笑子は思わず、ふふふ、とほほえむ。

# ブルーバード・オン・ザ・ラン（2）

うわ、と、実里は思わず声を出して、自転車を止めた。

ラーメンの配達を終えた後、また商店街の方向に戻ろうと自転車を走らせていると、その途中、住宅街の中の細い川沿いの道に、見たこともないほどたくさんの人が行列を作っているのが見えた。お店前から折り返して、車道を挟んだ向こう側の歩道まで続くほどの大行列だ。思わず、「うわ」と声も出るし、自転車をこぐ足も止まる。「味自慢「とんかつ」というノボリが出ているところを見ると、並んでいる人々のお目当ては、どうやらとんかつ屋さんのようだ。

《ああ、そこね》

《ちょっと前、「本日のメニューは。」に出てたから》

スマホで行列を撮影して親友の日野《ひの》ひかりに画像を送ると、すぐにそんなレスポンスが返ってきた。実里はあまりテレビを見ないので知らなかったが、日野が毎週見ている

「本日のメニューは。」というゴールデンタイムの人気グルメ番組で、このとんかつ屋さんが紹介されたのだという。テレビの力もまだまだ偉大で、放送があって以来、連日大行列ができているようだった。日野曰く、「まるでオムライスみたいなかつ丼」ということなのだけれど、実里の中では、オムライスとかつ丼の間を隔てる壁がことのほか厚く、いったいどんなかつ丼なのかはまったく想像がつかなかった。

それにしても、この炎天下にわざわざかつ丼を食べるために並ぶ人がこんなにたくさんいるというのは、実里にはちょっと信じ難いことだった。お昼時、空のてっぺんから降り注ぐ太陽の光は肌が焼けそうになるレベルだ。別に、そこまでして揚げ物なんか食べなくてもよくない？　と日野にメッセージを送ると、実里の価値観がすべてじゃない、といった内容の説教じみたレスが返ってきた。

《食べるために生きてるってくらいの人だっているんだからさ》

日野の言葉の意味は、実里には正直言ってぴんと来ない。人間は食べるために生きているのではなくて、生きるために食べているのだ。なのになぜ、生命の危険すら感じるこの炎天下に、汗を垂らしながら飲食店の前に行列を作るのだろう。そこまでした先に、なにか得るものがあるのだろうか。

実里が少し離れた木陰で水分補給をしながら行列をしげしげと眺めていると、お店から数人のお客さんが出てきた。これだけ並んでようやく食べられたからか、みんな笑顔全開で幸せそうだ。すぐ後から、お店の人と思われる割烹着姿《かつぽうぎ》のおばあさんが顔を出して、出ていくお客さんに深々と礼をし、次のお客さんを招き入れていた。おそらく、お店の中はひっくり返るような忙しさなのだろう。足の悪そうなおばあさんまで接客に駆り出されて大変だな、と、他人事《ひとごと》ながら少し心配になった。

水分補給も終わってさあ行くか、と自転車にまたがると、その瞬間にスマホの通知音が鳴った。ブルバアプリから配達の依頼だ。すぐに指を這《は》わせて情報を見る。配達先は、数百メートル離れたマンションの一室。注文の品は『梅家』のかつ丼だ。えっ、と思って、行列のすごいとんかつ屋さんに目をやる。どうやら、ここがその『梅家』らしい。配達依頼は近くにいる配達員が優先されるので、間近にいた実里が選ばれたようだ。

こんなに行列ができているのにデリバリーまで対応するの？　と驚愕《きようがく》する。テレビに出た今が稼ぎどき、と思っているのだろうか。そうこうしているうちにまた出入口の扉が開いて、満足気な笑顔のお客さんと先ほどのおばあさんが出てきた。おばあさんが、ありがとうございました、と、にこにこしながら頭を下げる。その笑顔がなんとも言えず爽やかで、儲かってウハウハ、という下品な感じには見えなかった。

そっか、単純に、自分のお店の料理を食べてもらうのが嬉しいのかな。

実里はさっそく、スマホを操作して配達を請けた。気がつくと、同じBDSバッグを背負った配達員が店の近くに向かってきているのが見える。こりゃ大変だわ、と苦笑して、実里はお店の入口に急ぐ。

スパイスの沼

# 1

午前十一時半。

オフィスビルの谷間にある小さな広場では、キッチンカー同士の熾烈な闘いが始まる。綱木《つなき》はキッチンカー内に備えつけられた鉄板に火を入れ、油を馴染ませながら臨戦態勢を整えた。目標は用意した百食の完売である。

最近、法律が改正されてキッチンカーでの出店がしやすくなったこともあって、市内を走るキッチンカーの台数が急増しているのを肌で感じる。以前は営業するエリアを管轄する保健所それぞれの基準で営業許可をもらわなければならなかったが、基準が全国一律になって、一か所で許可が下りれば全国どこの保健所でもほぼ許可が下りるようになった。食材の仕込みも、これまでは基準をクリアした厨房設備が別に必要だったのに、今は新基準を満たしていればキッチンカー内での仕込みが可能だ。個人だけでなく大手企業も参入してきていて、競争は激化の一途。今日も五台のキッチンカーが狭苦しい広場に集まって、おのおの趣向を凝らしたスタンド看板やノボリを出し、メニューをアピールしていた。

綱木のキッチンカーで提供しているメニューは、「ロコモコ」一品だけ。車内の鉄板で焼き上げた手作りハンバーグをブイヨンで炊いたライスに立てかけ、上から香味野菜とキノコの香る特製のオリジナルソースをたっぷりとかけたものだ。

「っしゃ、やってやっか」

ロコモコを盛る容器を並べて、エプロンの紐《ひも》を縛りなおす。少しの緊張と、高揚感。ステンレス製のコテをしゃりんと擦り合わせると、気合が入った。

「いらっしゃいませー！」

いよいよランチタイムに入り、ビルの出入口から人がぞろぞろと溢れ出してくる。首から社員カードをぶら下げた男女が入り乱れて、今日のお昼のひとときを捧《ささ》げるランチメニューを物色しだした。綱木が注文より先にハンバーグを焼いて香ばしい肉の香りで客を誘うと、若い女性の三人組が綱木に視線をよこした。よし、これは来てくれる、と思った瞬間、三人組はまるで魔法にかかったかのように横を向き、そのまま別のキッチンカーの方へ行ってしまった。おいおい、どういうことだ、と三人組が向かった方向に目を向けると、派手な「ＣＵＲＲＹ」の文字が描かれたキッチンカーがあった。またカレーかよ、と、思わず口の中で毒づく。

あちこち回るようになってから気づいたことだが、カレーを出すキッチンカーはめちゃくちゃ多い。それはもう、めちゃくちゃ、だ。カレーというやつは、きっと一番キッチンカーに適したメニューなのだろう。客にどういったものか説明しなくても味やイメージが伝わるし、ソースさえ仕込んでおけば車内での調理工程がほとんどないので、提供がとにかく早い。どこに店を出しても、同じ場所に一台か二台はカレーを出すキッチンカーがあって、強力なライバルになっている。

カレー屋にだけは負けねえかんな、などと一方的な競争心に火をつけながら、綱木は声を張って客を呼び込んだ。噴き出してくる汗を拭い、鉄板の上でじゅうじゅうと音を立てるハンバーグを転がす。

## 2

がらんとした空間の真ん中で、井上璃空《いのうえりく》は足を投げ出してぼんやりと座っていた。年季の入った壁を剝がされて骨組みがあらわになった建物は、なんだか痛々しい感じがする。でも、数ヵ月後には、ここに新しいお店が出来上がる予定だ。

璃空はもともと電子機器メーカーのエンジニアで、脱サラしたのは数年前。昔から料理が得意だったこともあって退職後は飲食業を始めることにしたのだが、さほど貯金もないし、素人がいきなりお店を出すと言っても銀行はなかなかお金を貸してくれない。

そこで、初期投資が抑えられるキッチンカーで開業した。しばらくはかなり苦戦を強いられたものの、最近はイベントや大規模商業施設に呼んでもらえることも増えて、集客力もあがってきている。そろそろ二台目を作って人に任せてみようか、などと考えていたところに、突如、お店を開かないか？　という話が舞い込んできた。

話をくれたのは、お付き合いのある元・洋食店経営のご夫妻だ。夫婦で田舎に移住することになり、空き家となる住宅兼店舗を璃空に貸してもいいと言う。家賃も周辺の相場に比べれば割安にしてもらえるし、厨房機器もまだまだ使える状態のものが一通りそろっている。建物の改築も自由にさせてもらえるし、これ以上ない条件だ。今は、一家で工務店を営んでいる友人に協力してもらって全面改装の真っ最中で、厨房機器一式はいったん別場所の倉庫に預け、壁などを剝がした「スケルトン状態」にし終えたところだ。予算を抑えるために、璃空も毎日作業に参加している。

「おいリック、なにサボってんだよ」

工事中の店舗にずかずかと上がり込んできたのは、高校時代の同級生の綱木だ。綱木は高校卒業後に料理人を目指して東京に出ていたのだが、挫折して数年前に帰ってきた。それから地元の小さな会社で営業をやりはじめたのだけれど、日に日に表情が暗くなっていくのでさすがに見ていられなくなり、飲みに誘って「もう辞めれば？」と退職を勧めた。ただ辞めろというのも無責任なので、店舗営業に移行するために使わなくなるキッチンカーを譲ることにした。ちなみに、璃空を「リック」と呼ぶのは綱木だけで、高校時代の仇名《あだな》でもなんでもない。

「サボってるわけじゃないんだけどさ。それより、今日はどうだった？」

「まああだな。完売はしなかったけど、儲けが出るくらいまでは」

「そっか、よかった」

綱木の申し出で、当面、キッチンカーは璃空の新しい店の「サテライトショップ」として営業することになった。綱木がキッチンカーで市内を巡りながら新しいお店の宣伝をしてくれるので、璃空からすると広告費の節約になる。綱木も、キッチンカーで収入を得ながらいずれ独立するときのノウハウを蓄積できる。お互い、ＷＩＮ‐ＷＩＮだ。

「なんだよ、顔色悪いな。疲れてんの？」

「まあ、疲れもあるんだけど、悩みもあって」

「悩み？」

「お店出すならロコモコ一本ってわけにもいかないからメニューを考えてるんだけど、それが結構大変で。なんでもかんでも出せばいいってわけじゃないし、構成とか価格も考えなきゃいけないし」

「まあ、そりゃそうだ。甘くねえかんな、飲食《インショク》は」

「で、ロコモコともう一つ、お店の柱になる看板メニューがあるといいなって思うんだけど、どうしようかなって」

「んなもん、カレーにしろよ、カレー」

え？　と、璃空は綱木を見た。もう少しああだこうだと話が続くかと思ったのに、すぱんと即答されると、かえってリアクションに困る。

「なんでカレー？」

「ランチに強《つえ》えんだよ、カレーは。提供が早い、嫌いな人少ない」

「まあ、確かに」

「それからな、スパイスの香りってのは威力がすごいんだって。人はカレーのにおいに抗《あらが》えねえようにできてる。コンビニの入口のライトに飛び込む虫レベルで」

虫に例えるのはどうかと思う、と冷静にツッコみつつも、カレーはいいね、と璃空はうなずいた。

「簡単そうで難しいよね、カレーってさ」

「別に適当でいいだろ。アホが作ったたってうまくなるんだから」

「そういうわけにもいかないよ。やっぱり、お金払って食べに来てくれる人がいるわけだし、ちゃんと食べる人のことを考えたメニューにしないとさ」

綱木が、マジメか、と笑うので、マジメだよ、と返す。やっぱり、料理を仕事にする人間に必要なのは、食べてくれる人を幸せにしたいという気持ちだ。お店を出す以上は、できる限りたくさんの人に幸せになってもらいたい。すべての人を満足させる料理というのはこの世界に存在しないと思うけれど、それでも、おいしいと思ってくれる人の数を増やすためには、工夫をしなければならないし、努力も必要だ。

「まあ頑張れよな。そんで、ロコモコとカレーの二本柱でキッチンカーやらせてくれ」

「そういう話？」

「カレーさえ出せたら俺は無敵なんだよ。今までの倍売り上げてやるからさ」

そんなこと言ってもなあ、と、璃空は埃《ほこり》っぽい床に寝転がって、ううん、と唸った。

一口にカレーと言っても、種々様々だ。ルウを使う欧風カレーに、スパイスの香り際立つインドカレー。ココナツミルクが特徴的なタイカレーに、ごろごろ具材のスープカレー。そして、みんな大好きお家《うち》カレーまで、ジャンルやバリエーションがとんでもなく豊富だ。日本人でカレーを一切食べたことがないという人はほとんどいないだろうし、カレーが嫌いだという人も圧倒的少数派だろう。それだけに、他店のレベルも高い。

「てか、お前、そろそろ家帰れよな」

「え？　どうして？」

「若干スパイシーな香りしてんだよ」

「ああ、ごめん。昼の作業でかなり汗かいちゃったから」

「ほどほどにしろよ？　家族だっているんだからな」

「うん。まあ、大丈夫だよ」

「ナンシーとエイミーは元気なのか？」

「杏南《あんな》と愛南《あいな》をそう呼ぶの、綱木だけなんだよなあ」

## 3

「そっか、遅くなるんだね。ごはんは？　うん、わかった。ううん、大丈夫。頑張って」

夫との通話を強引に終わらせると、井上杏南は急いでスマホを置き、カウンターキッチン越しに、大きな音がしたリビングに目をやった。二歳になる娘の愛南がテーブルの前に突っ立っていて、きょとんとした顔をこちらに向けている。嫌な予感はしていたけれど、リビングに行くと全身から力が抜けそうになった。愛南の服はびしょびしょ。小さなテーブルには真っ白な液体が広がっていて、端からぽたぽたと滴り落ち、カーペットに染みを作っていた。液体は、さっきあげたばかりの牛乳だ。

「ねえ、あいちゃん！　なんでよー、もう！」

ため息をつきながら、杏南はキッチンに戻ってふきんを引っ掴んだ。まずは、愛南の服にこぼれた牛乳を拭きとろうとするが、かなりの量が染みてしまっている。こうなったら着替えさせて洗濯するしかないのだが、なぜか脱ぐのを嫌がるので一苦労だ。テーブルの下には、牛乳が入っていたストローマグが転がっていた。もちろん、ただ転がしただけでは中身はこぼれない。愛南は自分でキャップを開けて、テーブルの上でひっくり返したのだろう。

しかも、本日二回目である。

時刻は午後五時を回って、杏南は夕ごはんの支度をしているところだった。本来なら、愛南が昼寝をしている間に一通り準備をしておくのだけれど、今日は愛南がなかなか寝てくれず、この時間まで準備ができていなかった。忙しい夫は夕食時になど帰ってこないので、簡単なものをちゃっと作って、ちゃちゃっと食事を済ませてしまいたかったけれど、もちろんそうやすやすと家事はさせてもらえない。

最近の愛南は、自分をもう大人だと思っているようで大変だ。ゴミ箱をひっくり返してゴミをまき散らし、スイッチオフの掃除機を得意げにゴロゴロ転がしていることもあったし、杏南のスマホで勝手に電話をかけていたこともあった。服を着替えるときも、おむつを替えるときも、杏南が手伝うのが嫌で怒り出すけれど、かといってうまくできないと隣近所まで響き渡りそうな声で泣きながら暴れ回るので手がつけられない。

ものの本によると、そういった行動は自分の意思が生まれてきた証拠なのだそうだ。こうしたい、という意思ははっきりしているけれど、まだ行動や言葉で大人に伝える手段が未熟なので、伝わらないイライラが募って反抗的になる。「魔の二歳児」とは以前から話には聞いて覚悟していたとはいえ、いざ自分の娘がそういう時期に突入すると、思っていたよりもずっと過酷で、心がぽっきり複雑骨折しそうになる。

今日も、ごはん前だというのに愛南が牛乳を飲みたいと騒ぎ出し、ダメと言っても泣き喚くばかりなので、仕方なく少しだけキャップつきのストローマグに入れて渡した。でも、愛南はどうやら大人と同じような飲み方をしたかったらしく、無理矢理キャップを開けようとした結果、マグを落として牛乳を床にぶちまけてしまったようだ。

こぼれた牛乳を放置するわけにもいかないので、ごはん支度の手を止めて全部掃除し、牛乳まみれになった愛南の服を取り換えたところに、夫の璃空から着信がきた。でも、愛南がまた牛乳が欲しいとギャン泣きするのでなかなか出られない。面倒くさくなって、こぼさないで、キャップを開けないで、と何度も言いつけた上でもう一度牛乳を入れたストローマグを愛南に渡して黙らせ、夫にコールバックしている間に、この始末である。二度目はきっとわざとだろう。杏南がちゃんとかまってくれないのが不満で、気を引くためにやったのだ。なんとか我慢したけれど、本当は「なにしてんのバカ！」と怒鳴りつけたい気分だった。こんなことが、毎日続く。

「ぎゅうにゅう、のむ」

「もう、牛乳はナイナイだよ。あいちゃんがこぼしちゃったもん」

「イヤ！　のむの！」

「もうごはんだから、ごはん食べよ。ね」

「ごはんいらない！　ぎゅうにゅう！」

　今、杏南にとって最大の壁は、愛南の食事だ。

　愛南は、二歳を過ぎた頃から、急に食べムラや好き嫌いが強くなってきた。初めて見る食べ物は絶対に口に入れようとしないし、以前はぱくぱく食べていたものでさえ、ある日突然食べなくなる。ごはんを作ってあげても、手で握りつぶしたり、一切手をつけずに食卓を離れたりする。それでも食べさせないわけにはいかないので、ほぼ捨てられてしまう食事を毎日用意しなければならない。

　家族においしいものを食べさせてあげたいという気持ちが料理をするモチベーションだったのに、娘と二人の食卓ではその気持ちだけが空回りして行き場を失う。試行錯誤して作り上げた料理を一口も食べてもらえずにゴミ箱に捨てるのは、割り切ろうとしても無力感があった。料理は食べる人のことを考えること、相手を思う気持ちが大切、とは言うけれど、今は理不尽に閉ざされた娘の口をこじ開けるのが第一目標で、味やら愛情やらなどと言っている余裕はなかった。

「ねえ、あいちゃん、もうごはん食べようよ」

「イヤ！　いらない！」

「そんなこと言わないの。ね、ごはん」

「やだー！」

「じゃあ、テレビ見よ？　いつものやつ」

テレビをつけ、夕方の子供向けアニメに愛南が釘《くぎ》づけになったのを確認すると、杏南は急いでキッチンに回り、猛烈な勢いで野菜を刻みだした。最近、肉や野菜を細かくするのだけは得意になってきた。無邪気にキャッキャと笑う愛南に合いの手を入れながら、杏南はひたすら手を動かす。

## 4

フライパンにマスタードオイルとマスタードシードを入れ、火にかける。油が温まってさらさらしてきたら、数種類の「ホールスパイス」を時間差で投入する。ホールスパイスとは、挽《ひ》いて粉にする前のスパイスのことだ。スパイスの香りの成分は油溶性のものが多いので、食材に香りを移すためには、まずは油に香りを溶け込ませる必要がある。スパイスカレーを作るときの最初の一歩は、この「テンパリング」という工程だ。

テンパリングはスパイスをただ一緒くたに油に入れればいいというわけではなく、ポテンシャルが一番発揮される温度や時間の違いを知らなければならない。マスタードシードは常温の油からゆっくり加熱。クミンやコリアンダーは焦げやすく短時間で香りが出るスパイスなので、油を少し温めてから加える。マスタードシードが少し弾け、クミンからしゅわしゅわと泡のようなものが立ってきたら、すりおろしたニンニクとショウガを投入し、最後に唐辛子を入れて辛味を出す。温度やタイミングを間違えると、十分に香りが立たなかったり、逆に焦げて嫌な臭いが出たりする。そうなったら失敗だ。

テンパリングが成功したら、スライスしておいた玉ねぎに少し塩を加えてスパイスと馴染ませ、じっくりと炒めて「飴色《あめいろ》玉ねぎ」を作る。玉ねぎに火が通って透き通ってきたら少し水を足して焦げを防止しつつ、フライパンの鍋肌をこそぐようにして炒めると、次第に色が変わっていく。よい頃合いになったら火を弱め、パウダースパイスを加えて混ぜ合わせる。この瞬間が最も焦げやすいので注意だ。香りと風味のクミン、甘さと清涼感のコリアンダー、色味のターメリック、そして辛味のレッドペッパーという四種の主要スパイスを軸に、食材との相性や目指す味わいを想定し、加えるスパイスの種類や量を調整するのだけれど、これがまた悩ましい。なにしろ、選択肢が多すぎるのだ。

ぱっと思いつくスパイスだけでも、カルダモン、クローブ、フェンネル、フェヌグリーク、ナツメグ、シナモン、アニス、オールスパイスなどなど、枚挙にいとまがない。さらに、各種唐辛子系の辛味、西洋料理でも使われるハーブ類、タイカレーでよく使われるパクチーやバイマックルー、スリランカで定番のカレーリーフ、複合スパイスであるカレー粉、ガラムマサラ、トゥナパハなんてものもある。

インドでは地方によって使うスパイスや具材が違うらしい。また、南アジアや東南アジア各国にもそれぞれの国のカレーがあって、スパイスの使い方もそれぞれだ。そもそも、「カレー」という一つの料理があるわけではなくて、日本では、スパイスを使ったアジアの汁料理、煮込み料理全般をひっくるめて「カレー」と呼んでいるだけなので、種々様々なのも当たり前だ。最近は、そういったカレーをさらに日本でアレンジしたスパイスカレーも関西を中心に定着しつつある。本場では宗教的に使えない食材も制限なく使えるし、和の食材やだしを使ったり、複数のカレーと副菜を合い盛りにして混ぜながら食べるものもあったりで、ますますやりたい放題だ。

知識でパンクしそうになる頭をこつんと叩き、璃空は鼻から息を抜いた。

カレーを出すからにはちゃんとスパイスについて知ろう、と考えたのだが、それは間違いだったかもしれない。毎日、何度試作しても新しい味が生まれるし、一つ知ると、そこからまた新しい食材やスパイスの使い方が見えてくる。さらにおいしく、もっとスパイスのポテンシャルを引き出したい、と、勉強すればするほど深みにはまって抜け出せなくなっていく。まるで、底なしの沼だ。

「どう思う？」

「どう思う、じゃねえっつんだよ、バカか」

璃空の目の前で、試作品のカレーを一口食べた綱木が、長いため息をついた。今回璃空が作ったのは、ベンガル地方と呼ばれる地域でよく食べられるフィッシュカレーをイメージしたものだ。ベースは玉ねぎとトマト。ターメリックをまぶして揚げた魚のカレーで、現地で食べられる川魚の代わりにサバを使っている。もちろん、現地に行ったことなどないので、見よう見まねだ。

「おいしくないかな」

「いやさ、困ったことに無駄にうめえのよ。さっきのキーマカレーも無駄にうまかったし、昨日食った豆カレー三種も無駄にうまかったよ。でもお前な、ここんとこ毎日カレーで、俺はおなかいっぱい、おなくるなんだよ」

「おなくる？」

「お腹苦しい」

「その略し方するの、綱木しかいないから」

ここひと月ほど、璃空はカレーの試作に没頭している。昼はお店の開店準備をしながら合間にスパイスの勉強。夜は綱木のアパートのキッチンを借りて夜遅くまで試作。綱木は、試食係だ。もともと料理人を目指していただけあって、わりと的確な感想を言ってくれるので参考になる。

「どれが一番かって言われても、わかんねえよ。もうこうなったら、本日のカレーは。みたいな感じで、日替わりにして全部出せよ」

「でも、カレー専門店をやるわけじゃないからさ」

「カレー屋でもねえくせにこだわりすぎなんだよ。業務用のフレーク使って、じゃがいもにんじんのベタなやつにすればいいじゃんか。十分うまいだろ」

「それじゃ、看板メニューって言うにはなんか弱いしさ。やっぱり、まずはスパイスの味とか全部一通り確認してみないと、おいしいカレーは作れない気がして」

「おいまてまて。待てって。全部一通りって、どんだけあんだよ」

「取り寄せてみたのは、五十種類くらいかな。まだ届いてないのもあるんだけど」

「五十種類ってお前さ、仮に、そっから一つのカレーに五種類使うとするだろ？」

「うん」

「その組み合わせ、どんだけあると思ってんだよ」

「ええと……、ちょっと待ってね、二百十一万八千七百六十通り、かな」

「計算がはええなおい」

そろばん習ってたから、と、璃空はもう一度頭の中で検算をし、うなずく。

「俺はあと何杯カレー食わされるんだよ。死んじゃうだろ」

「ほぼ必須のスパイスもあるから、ほんとに二百万通り試すことにはならないよ」

「そういう問題じゃねえっての。適度に力抜かねえとぶっ壊れるぞ、ってことだよ」

でもなあ、と、璃空はスプーンを皿の上に置いた。スパイスは勉強すればするほど奥が深くて、妥協するにもその妥協ラインすら見えてこないのだ。看板メニューが受け入れられなかったらお店は上手くいかないだろうし、力を抜くなんて怖くてできっこない。

「ナンシーはなんて言ってんだ？」

「杏南には、食べてもらってない」

「なんでだよ。一番頼りになるじゃねえか、主に胃の容量が。俺の倍くらいは食ってくれるだろ？　味覚はともかく」

「いやそれがさ、最近つわりがひどいらしいから、においのきつい食べ物は辛いんじゃないかと思って」

「は？　つわりって、二人目ができたのか？」

「うんまあ、そう。ついこの間わかってさ」

「言えよバカ。なんで隠してんだよ」

「安定期に入ってから言うつもりだったんだよ。流れで言っちゃったけど」

「なんだよ、じゃあ大変じゃねえか。お前、早く帰ってやれよな」

「そりゃ、僕だってそうしたいけど、ちっちゃい子もいるから家で夜中まで試作するわけにもいかないし、ますますお店失敗できなくなっちゃったしで、なかなか難しくて」

「だからって、毎日ウチでやるんじゃねえよ」

「ごめん。でも、綱木ならカレーのにおいがしても、眠くなったら寝れるでしょ？」

おいふざけんなよ、と、綱木が手で璃空の額を小突く。

「ナンシーはリックが帰らねえのは大丈夫って言ってんのか」

「まあ、うん。そこは、大丈夫、任せて、って言ってくれてる」

「そうか。まあ、しっかり者ではあるしな。見た感じもどっしりしてるしな」

それは言わないであげて、と、璃空がやんわりフォローする。高校時代は細身だった杏南だが、結婚後にだいぶ増量し、妊娠出産を経て、今はさらに貫禄《かんろく》が出てきている。

「やっぱり杏南が家にいてくれるから僕も頑張れてるし、それはほんと、感謝してる」

## 5

胸の奥からつきあがってくる不快感。杏南はコンロの火を止め、シンクに顔を突き出して蛇口をひねった。胃が激しく引きつって中のものを押し出そうと必死になっているけれど、今日は朝から食欲もなくてなにも口にしていないので、胃の中は空っぽだ。吐き出すものなどなく、粘っこい唾液が糸を引いてシンクにこぼれ落ちるだけだった。

二人目の妊娠が判明したのは、先月。璃空が自分のお店を出すことになり、杏南も手伝うべく、それまで勤めていた会社を辞めた直後のことだった。愛南に弟か妹がいたほうがいいよね、という話は前々からしていたので妊娠自体は嬉しかったのだけれど、タイミングの悪さは否めない。もう少し前に璃空が忙しくなることがわかっていたら妊活は先送りにしていただろうし、もう三ヵ月早く妊娠していれば、夫はお店の出店を一旦見送っていただろう。思えば、愛南を妊娠したのも璃空がキッチンカーを始めた直後で、毎度生活が大きく変わるときに限って妊娠するのは、杏南のバイオリズムの問題か、マーフィーの法則とかいうやつか、どっちのせいだろうか。

夫婦でじっくり話し合い、杏南は出産まで家事と育児に専念することに決めた。お店の開業準備は就労とみなされないので愛南を保育園に預けておくことも難しくなる上、妊娠中は体力的に無理ができそうにない。本当は二人で一緒にお店づくりもしたかったけれど、開業準備はすべて夫に任せることになった。出産後、少し落ち着いてから夫婦でお店をやればいい。そう納得したつもりだった。

けれど、待ち受けていたのは、想像していた以上の孤独だった。

愛南の妊娠、出産の頃は、杏南の生家はまだ同じ市内にあった。その後、父方の祖母の介護で両親とも父の実家に引っ越したので、今は人に貸している。認知症の祖母の介護はかなり大変なようで、とても子供を連れて気軽に遊びに行けるような状態ではなさそうだ。夫の実家は近いけれど、あまり親密というわけでもなく、どちらかというと疎遠ぎみだ。子供を実家や義実家に預けて少し息抜き、などということは、今は難しい。学生時代の友達はまだ独身の子が多く、子育て中の杏南とは距離ができている。退職した職場の同僚とは生活時間が合わないし、最近まで愛南を預けていた保育園も忙しい人が多く、ママ友はできなかった。地域の子育て支援センターはそこそこ遠いので利用しにくく、近所には小さな子供のいる家がない。つまり、いわゆるワンオペ育児状態だ。

杏南が強く孤独を感じるようになったのは、お店の出店準備が本格化して璃空がなかなか家に帰ってこられなくなり、愛南と二人きりの時間が増えてからだ。子供は好きだし、愛南の寝顔を見ているときなどは本当にかわいくて幸せな気持ちになるのだけれど、子供はいつもかわいいだけではいてくれなかった。かんしゃくを起こし、反抗し、夜泣きやおねしょもする。心身が休まらないストレスと育児に対する不安が毎日つきまとうけれど、それでも璃空に泣きつくわけにはいかない。璃空は璃空で、家族のために外で必死に働いているのだ。負担にはなりたくなかった。

リビングでは、遊び疲れた愛南が大の字になって寝ている。ついさっきまでこの世の終わりのように泣き叫んでいたのに、切り替えが早いことこの上ない。杏南は今のうちに夕食の準備をしておこうとキッチンに立ったのだが、食材をフライパンで炒めはじめると、猛烈な吐き気に襲われた。つわりだ。最近はにおいにかなり敏感になってきてしまって、ごはんの支度は地獄だった。一人目の妊娠のときは、食事の準備を璃空に任せることができたし、会社もわりと理解があって、どうしても具合が悪いときは休むことができた。けれど今は、どれだけ具合が悪かろうが育児をサボることはできない。

「ごはんだけが楽しみだったのになあ」

水で口をゆすぎながら、ぼんやりとそんな言葉が口から出た。杏南は本来、お酒も食べることも大好きで、それが人生の楽しみの一つだった。家の近所のおいしい飲み屋さんを探したり、旅行先でグルメを楽しんだり。結婚してからは料理上手の夫のごはんがおいしくて、うっかり十五キロも体重が増えてしまったくらいだ。でも、今は食べる楽しみなんていう概念が消し飛んで、食に対しては無感情になった。自分の食べたいものなどと考える余裕はなく、食欲など一つもないのに、娘のためと食事を作り、お腹の子供のために栄養を摂《と》らなければならない。作るのも食べるのも、健康的で栄養があり、体に害がないものでなければならなかった。ジャンクフードは禁物。お酒は論外。食卓に並ぶのは優等生のような料理だ。

璃空は今頃、新しいメニューを考えているだろう。食べた人が幸せになるような、おいしい、と笑顔になってくれるような。毎日夜遅くまで悩んで、失敗して、試行錯誤して。きっと大変だけど、それは、なんというか——。

うらやましいな、と、杏南は思った。

# 6

「二千円お預かりで、おつり三百円ね。いつもありがとな！」

「また来ます。頑張ってください」

「あ、ちょいまって。これも持ってってくれ」

綱木は手作り感のあるチラシを一枚手に取ると、お客さんに渡す。二十代前半くらいのカップルで、男性がナツキ、女性がメグミとお互い呼ばれていた。二人は、綱木がSNSで発信している出店情報をチェックして、週一くらいの頻度で来てくれるありがたい常連だ。渡したチラシは璃空の新店の告知で、「新規オープン！」のアイキャッチとともに、オープン予定日と地図、公式SNSアカウントにリンクするQRコードが印刷されている。

「あ、璃空さんのお店、いよいよなんですね」

「そうなんだよ。開店したら行ってやってくれ」

「ロコモコのお店になるんすか？」

「ロコモコと、超絶うまいカレーの店になる予定」

チラシにざっと目を通したナツキがメグミに手渡して、二人で覗き込むように地図を眺める。「ここどこだろ」「あ、モモリが行ってた高校近くの商店街の裏」「あのヤバいデカ盛りのお店あるとこ？」などと会話が続き、だいたいの場所の見当がついたようだ。

「璃空さんのカレー、楽しみすわー。初めてここのロコモコ食べたときは衝撃でしたもん。メグミなんか、一口食ったら、ヤバいヤバい、って真顔で連呼して」

だって肉汁《にくじゆう》ヤバかったから、と、メグミがころころ笑った。

「へえ、そっか。最初はそんなだったのか」

「そっか、って、うちらが大学生のとき、キッチンカーフェスで無理矢理俺を引っ張ったの、綱木さんですよ？　友達が激ウマ料理を作ってるから食ってけ、って。覚えてます？」

え、マジ？　と、綱木は思わず苦笑した。もう数年前だが、璃空の〝Locomotion No.1〟が初めて大きめのイベントに参加した日があった。その日、綱木は頼まれてもいないのに会場を回り、ふらふら歩いている人を見つけては強引に璃空のキッチンカーの前まで引っ張っていくという完全なる余計なお世話に奔走していた。もちろん途中でイベントスタッフに怒られてやめたが、それをきっかけにずっと店を追っかけてくれていた人がいたのかと思うと、妙に感慨深い。

「お店も行きますよ、絶対」

「おう、よろしく」

「でも、璃空さんがお店やるなら、もうキッチンカー探さなくてもよくなりますね」

それは勘弁してくれよお、と大げさに哀願して見せると、二人とも笑いながら、ちゃんとまた来ます、と手を振り、ロコモコが二つ入ったレジ袋を手に仲良く去っていく。ナツ&メグの背中を見送って、ぼちぼち店じまいかな、と、綱木は空を見上げた。今日は大きな団地の入口にあるスーパー横の出店だったが、場所がよかったのか平日にしてはかなり好調で、九十食超えは綱木の新記録だ。店を片づけて団地の管理室に一言挨拶をすると、眠そうな顔をした警備のじいさんが出てきて、車が公道に出るまでの案内をしてくれた。またよろしくお願いします、などときっちり愛想を振りまいてから、キッチンカーで公道に滑り出すと、ようやく力が抜ける。

営業終了後は璃空の家の近くにある駐車場に車を停め、売り上げの計算、明日の分の仕込み、出店場所の確認や周知をする。夜は璃空のカレーの試作に付き合わされることになるだろう。毎日毎日カレーで正直飽きてきているが、璃空の一生懸命さを見ると、来るなとも言えない。よくもまあそんなに頑張るな、と感心するくらいだ。

綱木が思うに、璃空はあまり欲がない。欲がないというか、コストと対価のバランスに鈍感だ。それがいいことだとは言えないけれど、璃空のように、他人を幸せにするために自分を犠牲にすることを苦にしない人間が、飲食業の世界にはなぜか多い気がする。売り上げを削ってでも安さやボリュームにこだわる店や、店の売り上げに対してアンバランスなほど材料費や手間ひまをかける店が、そこら中にたくさんあるのだ。綱木は、飲食業は儲けてナンボだと思っているし、薄給で長時間労働が当たり前という業界の風潮もどうかと思っている。でも、最近ようやく、璃空の気持ちもわかってきた。

綱木がかつて料理人を目指していた頃は、毎日厨房でひたすら皿洗いやら下ごしらえをするばかりで、自分が皮を剝《む》いた野菜が客をどう喜ばせているかなんてわからなかった。その上、朝から晩まで立ちっぱなしの体力勝負。上下関係も厳しいし、給料は爆安。嫌気がさして辞めてしまったけれど、あの頃、料理を食べて幸せそうな顔をする客の姿を想像することができていたら、もう少し頑張れていたのかもしれない。今、こうしてキッチンカーを走らせていると、自分の作ったロコモコを食べて、おいしい、と顔をほころばせる客の反応がダイレクトに届く。これが、なによりも快感なのだ。

綱木が漠然と料理人になりたいと思ったのも、子供の頃、体調を崩した母のために料理をふるまったことが始まりだ。作ったのは、学校の調理実習で習ったカレーだった。今思えば病人に食わせるメシではなかったと思うけれど、それでも、母親はめちゃくちゃ喜んだ。喜んでもらったのが気持ちよくてたまに家のキッチンに立つようになり、いつの間にか料理人に憧れるようになった。誰かを幸せにしたい、喜ばせたい、という気持ちは、どんな料理人にも根っこに必ずあるものなのかもしれない。

そんなことを考えながら車を走らせていると、おもちゃ屋の看板が目に入った。今日は結構儲かったし、エイミーになんか買っていってやったら喜ぶかな、と、ぶつぶつ独り言を言いながら、ウィンカーを出し、ハンドルを切る。

# 7

「どうかな」

「なんか、これはあんまりうまくねえな」

「あ、うん、そっかあ、そうだよね」

「スパイスのえぐみと苦みがキツイな。これ、前食ったやつとほんとに材料一緒か？」

璃空の試作カレーを二口ほど食べた綱木が、眉間にしわを寄せながらスプーンを置いた。今日のカレーは、以前、綱木に高評価をもらったレシピをもとに、少し個性を強めようとスパイスの配合を変えたものだ。でも、璃空も綱木と同じことを思っていた。スパイスのにおいが過剰で、土臭さや苦みといった嫌な部分が前に出てきてしまっている気がする。どうすればいいんだろう、と、璃空は思わずテーブルに突っ伏して、髪をがしがしとかき回した。寝不足と疲労で、もう体力は限界だ。

スパイスカレーは、「香り」「辛味」「臭み消し」など、それぞれの役割に沿ってスパイスを組み合わせ、調理に失敗しなければ、それなりにおいしく仕上がる。ただ、尖《とが》った個性を出そうとしてスパイスを使い過ぎたり調合のバランスを崩したりすると、オーバースパイスという状態になって途端にまずくなってしまう。自分の思い描く味を再現するには、スパイスの特性や組み合わせの理屈を知らなければならない。

お店の開業は刻々と近づいているのに、どういう方向性のカレーに仕上げればいいか、璃空はまだ絞り切れていない。スパイスの自由度は高いけれど、オリジナリティを出そうとすると壁にぶつかる。寝不足と疲労でカサカサになった顔を両手でこすり、璃空は大きなため息をついた。

「材料はおんなじなんだけど、もうちょっとこうさ、やっぱりインパクトのある味じゃないとお店の看板メニューにはならないんじゃないかと思って。もっともっと香りを引き出して印象に残る味にしたかったんだけど、それがうまくいかなかったかな。やっぱり、カレーを作るときは、スパイス一つが頑張ろうとしてもダメなんだなって思った。いいところばかりの完璧なスパイスってなくて、どっかダメなところがあったり、弱点があったりする。だからさ、他のスパイスとちゃんと調和させないと、カレーにしたときに長所が引き立ってこないんだ。それが今回、すごくよくわかったっていうか――」

言葉を一気に並べて、璃空は途中で息を吸い込んだ。再びしゃべりだそうとしたけれど、いつもなら合いの手やツッコミを入れてくるはずの綱木が、じっとりと璃空を見ている。調子がくるって、言葉を続けられなくなった。

「今日は、よくしゃべるな、お前」

「そ、そうかな」

「なんかあったんだろ」

「え？」

「顔に出てんだよ。目も泳いでるし。だからこんなチグハグなカレーが出来上がったんだろ？」

璃空は言葉を返そうと口をぱくぱく動かしたが、すぐに諦めた。きっとごまかしきれないくらい、様子がおかしく見えていたのだろう。

「いや、なんかあったってほどのことじゃないんだけど」

「ど？」

「実は、杏南がさ、愛南を連れて今日から実家に行ってて」

「実家って、ナンシーのパパママんちは、もうどっか遠いところに移ってんだろ？」

「うん。飛行機で行く距離だから、しばらく帰ってこないんじゃないかな」

「浮気でもして、バレたのか」

「するわけないよ、そんなこと」

今朝、家を出る前にそっと寝室を覗くと、薄目を開けた杏南が、「今日、実家に行くね」と告げた。もごもごとなにか言いながら、すぐにまた寝てしまったので詳しくは聞けなかったが、どうやら、今日から家を空けて実家に行くことにしたようだ。

「いいのか、リックはそれで」

「それで杏南が少しでも休まるなら、いいと思うよ。今は僕が家事を手伝う余裕がないし、育児もしんどいだろうから、かえってほっとした。愛南の寝顔がしばらく見られなくなるのは寂しいけど、しょうがないよね。明日からは、しばらくうちで試作できるようになるから、綱木にも迷惑かけずに済むし、よかったんじゃないかな」

「ほんと、今日はよくしゃべるな、お前」

「え？」

「大したことじゃないって言うなら、なんでそんなに動揺して、カレー一つまともに作れなくなってんだよ」

う、と、言葉が詰まる。そう、杏南が一旦実家に行くことは、仕方がないことだと納得しているはずだ。でも、家族と離れるのはやっぱり寂しかったし、心細かった。もしかしたらこのまま帰ってきてくれないんじゃないか、なんて思ってしまうと、仕事も手につかない。カレーを作ってる間も集中できなくて、スパイスを焦がしそうになったり、塩の分量を間違えたりした。いろいろなものをごまかしながら作ったカレーは、やっぱり全然おいしくならなかった。

「もしかしたら、怒って出て行ったのかな、杏南」

「なんだよ、理由も聞いてねえのか？　心当たりがあるのかよ」

「その、昨日、大量のスパイスが家に届いちゃって、もしかしたらにおいがきつかったのかもしれないなって。つわりの時期にそんなものが届いたら、辛いし、怒るよね」

「直接ナンシーに聞きゃいいだろ。スマホでもなんでもあるんだし」

「そうなんだけど、お昼に、今どこ、って送ったメッセージに既読がついてない」

杏南が実家に帰った理由を聞くのは、なんだか怖かった。電話をかけてみようかとも思ったけれど、沈んだ声で「もう璃空とやっていく自信がない」なんて言われてしまったら立ち直れない。確かめるのが怖くて、カレー作りに逃げていたのかもしれない。

「リックは、なんでカレー作ってんだ？　プライベートを犠牲にしてまで」

「なんでって、お店で出すからに決まってるよ」

「開店まで何ヵ月もねえのに、どんだけのカレー作るつもりなんだ？　素人同然のお前が安アパートのキッチンでちょこちょこ作ったくらいで、五千年スパイス使ってるインド人に追いつけると思うか？　それで、体調も崩す、奥さん放置、娘の面倒も見られねえって、コストのかけ方ぶっ壊れてるだろ。妥協しろよ少しは」

「でも、かといって勉強しないわけにもいかないし」

「スパイスカレーにハマるのはいいさ。面白いからな。でもお前は、なんか底なし沼に飛び込んで出られなくなってるだけじゃねえか。やらなきゃいけない、頑張らなきゃいけない、って、もう肩まで沈んで、周りが見えなくなってる」

「そうかもしれないけど、どうすれば――」

「お前が料理する理由はなんなんだよ」

「理由？」

「そもそもの理由はなんなんだよ。店まで出して、なにがしてえんだ。このカレーはよくできてる、すごい！　ってほめられてえのか？」

お店を出すって決めたとき――、と、璃空は自分の頭の中の記憶を辿った。たぶんその瞬間、璃空は夢を見た。自分のお店という空間があって、そこにたくさんのお客さんが集まってきて、キッチンには自分と杏南がいて。自分の料理でみんなが笑顔になって、みんなが幸せになって。


みんなが、幸せに。


「もし自分が作った料理で、幸せになってくれる人がいっぱいいたら……、いいな、って、思って」

そこまで言うと、璃空の目から涙がぽろぽろこぼれてきた。人を幸せにしたいという気持ちを忘れていたわけじゃない。でも、そのためにはみんながびっくりするようなメニューを開発しなければいけないとばかり思って、いつしか沼にはまりこんでいた。その沼はあまりにも深くて、いつの間にか自分では抜け出せないくらいのところにまで踏み込んでいたのだ。綱木に言われるまで、気づかなかった。

「そうだろ。でもお前、最近はスパイスの蘊蓄《うんちく》ばっかだったじゃねえか」

「そう、かな」

「ちょっとロコモコが売れたからって調子に乗るなよ。お前は料理人としてはまだまだ半人前なんだからな。味推し一本勝負の店なんかでやっていけるわけねえだろ」

「でも、それでも、やっていかないといけないから」

「客は、店になにしに来ると思ってんだよ。ただ、メシ食うだけか？　味はそりゃ大事だけど、それだけじゃねえだろ。雰囲気とか、居心地とかさ。量とか値段とか。そういうの全部ひっくるめて、気に入った店に来るんだろ。じゃなかったら、大衆店なんて全部滅びて、世の中、腕利きの料理人がいる高級店しか残らねえじゃん」

「それは、うん、そう」

「だったら、初心を忘れんじゃねえよ。そこ忘れたら、お前の店に客なんか来ねえぞ」

璃空は涙を拭い、うんそうだね、とうなずいた。ここのところずっと、おいしいものを作らなきゃ、という義務感だけで試作を繰り返していて、料理が楽しいと思えなくなっていた。もちろん、楽しいだけではだめだけれど、楽しむ心を忘れてしまったら、料理は調理というただの作業になってしまう。

「あとな、ナンシーに外へ出ろ、って言ったのは俺だ」

「え？　どういうこと？」

「この間、早めに帰れたから、エイミーの様子を見に行ったんだよ。そしたら、ナンシーがげっそりしてんだ。ナンシーがげっそりするなんて、ちょっとおかしいだろ。結婚してから、あんなに膨れ続けてたのに」

「それは言わないであげて」

「どう見てもおかしいから、どうにかして休めって言ったんだよ。かなり参ってるぞ。話しながらいきなり泣き出すし、育児ノイローゼ一歩手前みたいな顔してたからな」

「そんなに？」

最近の杏南の顔を思い浮かべようとしても、璃空の頭には寝顔しか浮かんでこなかった。自宅に帰りつくのは杏南も愛南も寝ている時間で、起こさないように璃空はリビングのソファで寝て、朝は二人が起きるよりも早く家を出る。お店の開店までは休日もなしだ。合間を見てスマホでやり取りはしていたけれど、実際、面と向かって話をする機会は、ここ一ヵ月の間ほとんどなかった。

「うちの一番上の姉貴の子供がエイミーくらいの頃、ノイローゼになって泣きながら電話してきたことがあったからな。二歳児なんて、天使の顔した悪魔らしいぞ。言うこと聞かねえし、キレるし、泣き叫ぶし」

「僕には、愛南の育児で困ってる、なんて言わなかった」

「言わなかったんじゃなくて、言えなかったんだろ。リックと話せよ、って言ったらな、無理、って言うのさ。お前の負担になるからだめなんだってよ」

「杏南が、そんな、ことを」

「お前ら二人とも、自分の仕事、って勝手な線を引いて、全部背負いこみ過ぎなんだ。相手に負担をかけたくないなんて言ってるけど、結局は、しんどい、手伝ってくれ、って言い出せなかっただけじゃねえか。で、どうしたかって、お互い相手を見ないことにしたんだろ？　違うか？」

見なかったわけじゃ、と、反論しようとして、璃空は口をつぐんだ。そうかもしれない。杏南が家のことはやると言ったのをいいことに、璃空は家事と育児をすべて任せた。杏南のことを信用したからと言えば聞こえはいいけれど、開店準備という大義名分を盾に、杏南から目を背けたのだ。育児で悩んでも、杏南には相談できる相手がいなかった。ノイローゼになってもおかしくない。

でもそれは、璃空も同じだ。

お店の開店までに、誰かに相談したいことは山ほどある。いろんな人に協力してもらわないと、自分一人の力でお店を作り上げるのは難しい。杏南にも、意見をもらいたいことがたくさんあった。けれど、妊娠と育児で手いっぱいだろうと思って、璃空は杏南に仕事の話をすることを避けてきた。その結果、プレッシャーと自信のなさに押されて、ずぶずぶと底なし沼に突っ込んでいくはめになってしまった。

そっか、それ、だめだな。

璃空は、自分で自分の頬を両手で、ぱしん、と叩いた。

スパイスカレーのおいしさを引き上げるのは、スパイス同士の相乗効果だ。例えば、カレーらしい香りを作るスパイスはクミンだけれど、クミンだけを大量に使うと苦みが際立ってしまう。でも、そこに適量のコリアンダーが加わることで全体が調和して、クミンの香りが一層引き立つのだ。璃空だって、自分一人でなんでもこなしてきたわけではない。周りにいる人に自分の長所を引き出してもらって、短所を補ってもらって、ここまでやってこられた。璃空も杏南も一緒に生きているのだから、お互い無理に役割という線を引いて背を向け合う必要はなかったのだろう。家族でも、仲間でも、お店でも、スパイスのようにいろんな個性が集まって、いいところが引き出されるからいいものができる。少し大げさに言うと、人間とか、社会とか、世界とか、そういうものも理屈はたぶん同じだ。

「だいたいな、人を幸せにしようって言うなら、まずは自分と家族を幸せにしてから言えよ。いやだろ、不幸のどん底みたいな顔したやつが作ったメシ食うの」

「それはいやだ」

「だったら、あんまり無理すんじゃねえ。そんで、無理さすんじゃねえ」

璃空は、やや得意げに説教する綱木の顔を見た。高校のころは、こんなにしっかりしたことを言うようなキャラじゃなくて、むしろチャラい性格だった。綱木にも長所と短所があって、昔は欠点が目立つやつだったかもしれない。でも、地元に帰ってきて璃空とよく会うようになってから、そしてキッチンカーを譲ってから、少しずつ綱木は変わってきている気がする。もし、自分が綱木の長所を引き出すスパイスになれているのだとしたら、それは嬉しいことだな、と、璃空は思った。

そして、照れくさいので、心の中で「ありがとう」と頭を下げた。

## 8

自宅アパートに帰ってくると、杏南は、ふー、と大きく息を吐いた。時刻は午後九時を回っていて、愛南は抱っこひもに全体重を預け、杏南の胸の中で口を開けて寝ていた。今頃、璃空はまだ綱木の家でカレーの試作中だろうか。玄関の鍵を開けて、ひっそりとした部屋に入るのも慣れっこになってきた。愛南を抱えたまま荷物を一旦置き、靴を脱ぎながら惰性で「ただいま」と声をかける。

「お、おかえり」

「え、あれ？」

リビングのドアを開けて、ひょこんと顔を覗かせたのは、璃空だった。こんな時間に帰ってきているとは思わなくて、心臓がばくんと飛び跳ねた。璃空も、少し驚いたような顔をしている。とりあえず、杏南がもう一度「ただいま」と言うと、璃空はなにも言わずに玄関までやってきて、杏南の背中に手を回し、愛南ごとぎゅっとハグをした。親子三人、いや、お腹の子を合わせて家族四人がひとつに固まって、しばらくそのままでいた。

「ねえ、パパ」

「ん？」

「体臭が結構スパイシーなんだけど」

「あ、ごめん、今帰ってきたばっかりで。まだシャワー浴びてなかったから」

璃空が慌ててハグをほどこうとするので、杏南は、いいよ、と言うように、自分の腕で璃空を引き留めた。璃空と杏南に挟まれても、愛南は口をもぐもぐしながら寝たままで、全然目を覚ます気配がない。

「しばらく帰ってこないのかなって思ってた」

「なにそれ、私のいない間に浮気でもするつもりだったの？」

「するわけないよ、そんなこと。でも、実家に帰ったのに日帰りとは思わなくて」

「あれ、私、言わなかったっけ？」

「なにを？」

「璃空の実家に行く、って」

え、と、璃空が少し顔を引きつらせながら、首を横に振った。

「言ってなかったよ。てか、うちの親んとこに行ったの？」

「そうだよ。夕飯までごちそうになってきちゃった」

「メッセージ送っても既読がつかないから、てっきり飛行機に乗っているのかと」

「ああ、それね。家にスマホ忘れてっちゃったんだよね」

杏南は寝室に行って、置きっぱなしだったスマホを手に取った。璃空が後ろからついてきて、なんだあ、と肩を落とす。見ると、璃空から送られてきた未読メッセージと着信履歴がずらっと残っていた。

「で、なにしに行ってきたの？」

「助けて、って言いに」

この間、突然家にやってきた綱木は、杏南の顔を見るなり、休め、と言った。あ、私そんなヤバい顔しているのか、と杏南は愕然としたけれど、休めと言われても休みようがない。あいちゃん、ママ今日は一日休むから自分でごはん食べておむつ替えてお風呂入って寝てね、と言うわけにもいかないのだ。でも、今のままではだめになるという自覚もあった。愛南が生まれてから二年半、なかなか夜ぐっすりと寝られる日もなくて、疲れが蓄積している。最近は、不安や孤独感からか、小さなことでもイライラすることが増えた。子供のやることにいちいち腹を立てるなんて母親失格、と思ってしまうと、イライラした後に鬱々としてしまって、気持ちが沈む。そこに、追い打ちをかけるようにひどいつわりが来て、食事がとれず、体力も消耗していた。

数日間、どうすれば休めるか、と悶々として、杏南は璃空の実家に電話をかけることにした。璃空抜きでふらりと遊びにいくなんて初めてのことだ。電話に出たお義母《かあ》さんも驚いた様子だったけれど、いつでもいらっしゃい、と言ってくれた。

璃空からは、父親が厳格だった、という話は聞いていた。璃空のお父さんは製薬会社に勤める研究者で、子供のアレルギー薬の研究をしていたそうだ。そのせいか、昔から璃空の食べるものにかなり敏感で、食品添加物や食材の産地には随分うるさかったらしい。食に対するこだわりからか、テーブルマナーにも厳しくて、幼少期の璃空にとって食事は緊張の時間だった。

そんな話を聞いていたので、一人で義実家に行くのは勇気がいった。でも、実際に会話をしてみると、お義母さんはおとなしくて穏やかな人で、お義父《とう》さんも寡黙ながらキツい感じはしなかった。お義父さんは数年前に定年退職して、今は家で悠々自適だそうだ。それで少し、丸くなったのかもしれない。

「助けて、って、愛南は大丈夫だった？」

「大丈夫だよ。ワンちゃんもいて、愛南も楽しかったみたい。帰りたくないって泣いたくらいだよ。お義母さんがずっと愛南の面倒見てくれたから、私も半日楽できたし。いろいろ話も聞いてもらえたからすっきりした」

お義母さんとは、妊娠時の話や、子育ての話がたくさんできた。璃空の子供の頃の話も聞けた。幼かったころの璃空は、とにかく家にあるものを分解するのが好きで、少し目を離すとあらゆるものがバラバラにされたそうだ。愛南と同じ二歳半くらいのころ、ドライバーの使い方を覚えてしまい、おもちゃだけでなく扇風機や目覚まし時計なんかも犠牲になったようだ。叱るといじけてごはんを食べなくなるので、ほとほと困った、とお義母さんは笑っていた。愛南だけが特別困った子というわけじゃないと思えると、安心できた。

「夕飯食べてきたって言ったけど、ちゃんと食べられた？　つわりは？」

「それがさ！　お義父さんがカレーを作ってくれたんだよ」

「カレー？　うちのお父さんが？　料理してるところなんて見たことなかったけどな」

「それが、定年後にスパイスカレーにハマっちゃったらしくて、ずっと研究してるんだって」

「研究、って」

「でさ、私、カレーなら結構いけるかもしれない。今はなんか、ああいうスパイシーなものが結構食べたくなるんだ」

「においきつくて気持ち悪くならない？」

「案外ね、スパイスの香りは大丈夫。むしろ食欲が湧いてくる感じがする。お義父さんが、スパイスは妊婦にも悪くないから食べていきなさい、って、カレーを作ってくれて」

「そうなんだ」

「すごいおいしかったよ。辛くないから愛南も食べられたしね。私がカレー作っても全然食べてくんないのに、お義父さんお義母さんがかわいがってくれるから、おいしー、なんて連呼してかわい子ぶってんの。なにそれ、調子いいなもう、とか思って」

そっか、と、璃空が困惑した様子で顎に手をやった。どうも、お義父さんは現役時代、家のことなどまったくやらない人であったらしく、頻繁にキッチンに立っている、と聞いても、璃空はイメージできないようだ。でも、お義父さんも元は研究者で、璃空も元エンジニアなので、そういう人はきっと「スパイスの沼」にハマりやすいのだろう。動機はどうであれ、キッチンに立っておいしいカレーを作ってくれるなら、大歓迎だ。

「また遊びに来て、って言ってくれたから、行き詰まったときは行ってこようかな」

「うん、ごめん」

「謝ることないよ。どう？　カレーはできそう？」

「それが、まだどうすればいいかわからなくて困ってる」

「そうなんだ。じゃあ、これ」

杏南は義実家でもらったお土産入りの紙袋から一冊のファイルを取り出すと、璃空に差し出した。会社の事務室に置いてありそうな、固くて重くて大きいやつだ。受け取った璃空は訝《いぶか》しげに綴《と》じられている紙を一枚一枚めくる。そのうち、書いてある内容を理解すると、急に目つきが変わった。

「これ、どうしたの？」

「お義父さんのスパイス研究ファイルだって」

退職してからの数年、沼にハマったお義父さんは、日々の研究の成果をファイルにまとめていたそうだ。スパイスの効能とか、どんな症状にはどんなスパイスを使った料理がいいとか。そもそも、スパイスは東洋医学における漢方薬でもあるので、研究者時代から注目はしていたようだ。ファイルの中身は杏南などは見るだけで頭がくらくらしてきそうなほどの緻密さで、読んで理解しようとする前に心が折れた。性格が出るな、と苦笑するしかない。

「すごいな、これ。ほんとにちゃんと研究してる」

「璃空がカレーを作ろうとして苦労してるっていう話をしたら、参考になるならって貸してくれたんだ。どう？　参考になりそう？」

「うん。ちょっとした論文レベルで、結構ドン引きなんだけど」

「それからね、お義父さんに伝言を頼まれたよ」

「伝言？　僕に？」

「すまなかった、だって」

　愛南をお義母さんに預け、杏南はキッチンでお義父さんにカレーの作り方を教えてもらっていた。妊婦や子供にはこのスパイスはいい、これは控えたほうがいい、という蘊蓄を聞かせてもらっている中で、ふと、お義父さんが、璃空に、すまなかった、と伝えてほしい、と言った。璃空が子供の頃、厳しく育てすぎたかもしれない、という後悔もぽろっとこぼしていた。

　璃空が生まれた頃は、お義父さんもお義母さんも、今の杏南と同じくらいの年齢だった。初めての子供を育てるのに、なんとか一人前にしなければならないと焦ったりプレッシャーを感じたりで、育て方も手探りだったんだろう。振り返ってみれば、あのときああすればよかったと思うこともあるだろうけれど、過ぎた時間を巻き戻すことはできない。当時、食事に対して厳しかったお義父さんも、自分が作る側になって初めて見えてきたものがあるんじゃないかな、と、杏南は勝手に想像した。もしかしたら、キッチンに立つようになったのも、飲食業の道に進んだ息子の気持ちを少しでも理解しようとした結果なのかもしれない。

「今度、詳しく教えてもらいに行こうよ」

璃空はしばらくファイルを眺めながらなにか考えている様子だった。ほんのわずか、目が潤んでいるようにも見える。たっぷりと時間を取った後、ファイルをぱたんと閉じて、そうだね、といつもの穏やかな笑みを浮かべた。

「それでさ、私とあいちゃんにおいしいカレーを作ってくれるといい」

「ちょっと考えてみるよ。妊婦も幼児も、おいしく食べられるスパイスカレー」

杏南が抱っこひもを解《ほど》いて愛南をいったん下ろそうとすると、ようやく愛南が半目を開けた。今日はこのまま寝かせて、明日の朝にお風呂に入れようかな、などと考えていると、まだ寝ぼけている愛南が、パパ、と璃空に抱っこをせがんだ。

「カレーおいしー」

そっか、じゃあ明日作ろうね、と、璃空が優しい父親の顔になって、笑う。

## 9

「本日、『イノウエゴハン』を開店します。みなさん、どうぞよろしくお願いします」

璃空が外に向かって頭を下げると、開店を待ってくれていたお客さんたちが一斉に拍手をしてくれた。真っ白に塗り直した建物の壁には、『イノウエゴハン』という店名をペイントした。ぐっとおしゃれになったと、杏南にも好評だった。

お客さんを店内に招き入れ、席に案内する。十名も入ると、お店はほぼ満席だ。杏南は、テーブル席を回ってオーダーを取っている。愛南は璃空の実家でお留守番。いいお店を作るためには、人の助けが要る。子供の心配をせずに済めばお店の営業に集中できるし、杏南がお店にいてくれるのも心強い。

「璃空さんおめでとうございます。てか、お店めちゃくちゃおしゃれじゃないですか」

「ありがとう。こちらでもよろしくね」

オープンキッチン前のカウンター席には、キッチンカー時代からの常連さんであるナツキくんとメグミちゃんが並んで座った。昨夜は、もしお客さんが一人も来なかったらどうしよう、と、不安でほとんど眠れなかったけれど、知っている顔を見るとものすごくほっとする。真新しいメニュー表を差し出して、お決まりになりましたらお声がけください、と決まり文句を言おうとしたけれど、まだ慣れなくて決めきれず、少し噛んでしまった。

ランチタイムは、サンドイッチやパンケーキといった軽食の他に三種類のランチメニューを用意した。キッチンカー時代からの看板メニューであるロコモコ。もう一つは、その日の仕入れによって変わる日替わりのランチプレート。そして、今回、一番力を入れたカレーだ。いずれもミニサラダがセットで、食後にコーヒーか紅茶がつく。

「あ、注文いいすか？」

杏南が取ってきてくれたオーダー票をクリップホルダーにセットしていると、カウンター席のナツキくんとメグミちゃんが仲良く手を挙げた。少し浮足立ちながらも、璃空は、どうぞ、と笑顔を向ける。

「めちゃ迷うけど……、俺は、やっぱロコモコにします」

「メグミちゃんは？」

「私は、超絶うまいと噂《うわさ》のカレーを」

「え、誰がそんなこと言ったの」

「綱木さんが。私、無類のカレー好きなので、ずっと待ちわびてて」

変なハードルの上げ方をしないでくれよ、と心の中で綱木を呪いつつ、璃空は二人のオーダーを受けた。食後のドリンクはどうしますか、という問いには、二人でホットコーヒー、と声を揃《そろ》えた。

十人分のオーダーを一気にさばくのは初めてだ。グリルの上にハンバーグを並べ、タイマーをセット。その間にストッカーで保温してあるカレーソースをソースパンに移して温めなおす。ランチプレート用のパンは、サラマンダーという調理器具で焼き目をつける。杏南はお皿を並べてロコモコやカレーのご飯を盛りつけ、サラダを先に持って行く。事前に何度も確認したオペレーションだ。

「カレー行きます」

杏南に声をかけて、場所を移動。テーブルに並べられた平たいお皿は、真ん中にダムのようにライスを盛ってスペースを分割している。まず、片側には、玉ねぎとトマトをベースにしたカレー。小麦粉やルウを使っていないので、ソースは比較的さらさらとしている。具は、ごろっとした大きさのチキンで、スパイスに漬け込んでグリルしたものだ。約束された味というか、奇をてらわない王道の組み合わせだけれど、それだけに、スパイスの調合には苦労した。父親にも協力してもらって試作を繰り返し、なんとかイメージ通りの味にすることができたと思う。

もう片方には、ひき肉と野菜のイエローキーマカレーを盛りつけて合い盛りにする。ベースに使ったのは、スーパースイート種というかなり甘みの強いトウモロコシのペーストと、帆立で取った出汁。野菜は、杏南の発案でパプリカやズッキーニ、フライドオニオンなど、食感の違うものを数種類、細かく刻んである。子供が食べやすいから、という理由だ。そこにスパイスやココナツパウダーを合わせ、甘みの奥にはっきりスパイスを感じられるように仕上げた。二種類のカレーは月替わりで、毎月違うカレーを出していく予定でいる。スパイスはまだまだ奥が深くて、表現したいもの、食べてもらいたい味がたくさんある。スパイスの沼からは当分抜けられそうにない。

璃空が自分のカレーに込めたテーマは、「誰もが食べられるスパイスカレー」だ。年配の人や妊婦さん、小さな子供でも一緒に食べられるようスパイスを調合した。原点になったのは、家で杏南と愛南に作ったカレーだ。杏南と愛南が食べられるカレーなら、きっと食べられる人が多いに違いない。当面は二人に試食係になってもらいながら、新しいカレーを作ろうと思っている。

「カレーランチ、お待たせしました。ロコモコはもうちょいお待ちくださいね」

目の前のメグミちゃんに、璃空がカウンターから直接カレーとミニサラダのお皿を手渡した。二人とも、覗き込んでにおいを嗅いだり、スマホで写真を撮るなどしてわいきゃいしていたが、やがて、先に食べなよ、とナツキくんに促されて、メグミちゃんがカウンターに置かれたカトラリーボックスからスプーンを取った。ご飯のダムを少し崩し、まずはチキンカレーと合わせる。鼻をひくひくさせながら、スプーンを口へ。口をもこさせるにつれ、メグミちゃんの目が見開いていって、空いている左手がナツキくんの腕をがしがしと叩く。その叩く勢いがどんどん強くなって、痛い、痛いって、と、ナツキくんが情けない声を出した。

「ヤバイ、ヤバイヤバイ」

「マジ？　ヤバイ？　スゴイ？」

「ヤバイ。ニオイヤバイスゴイウマイ」

語彙力、と笑いながら、スプーンを渡されたナツキくんが、キーマカレー側を崩して口に運んだ。そして、二人で顔を見合わせて、ヤバイヤバイ、と連呼する。ヤバイマズイとは言わなかったので、とりあえず気に入ってもらえたようだ。

「トッピング加えて、カレーを両方混ぜて食べてもおいしいと思うので、よかったら」

「マジでヤバいですこれ。口に入れたら、スパイスの香りがむわん、て。辛くないし、めっちゃ優しい甘さっすね。あー、でも、俺もメグミも語彙力ないんで、これ以上の食レポ無理っす。ヤバイ、ウマイ、しか言えないんすけど――」

お見事です！　と、二人がまた声を揃えた。

「ありがとう」

それで十分嬉しいよ、と、璃空は照れくささをごまかすように、グリルに向かった。

「璃空、よかったじゃん」

「あ、うん」

一回転めのお客さんに料理が行き渡って、配膳《デシャップ》を終えた杏南が厨房に戻ってきた。璃空もようやく一息つく。朝から必死だったせいか、緊張から解放されると意識が斜め上に飛んだ。ぴかぴかの新しいお店。ここが自分のお店だなんて、まだ信じられない。楽しそうに会話をしながら食事をするお客さん。穏やかなBGMと、食器の奏でる軽やかな音。肉の焼ける香ばしいにおいと、外まで溢れているであろうスパイスの香り。お客さんは、幸せになってくれているだろうか。もっとおいしいものを出して、もっといろんなメニューを考えたら、幸せになってくれる人がもっともっと増えるだろうか。

「ねえ、杏南」

「ん？　なに？　そろそろお客さんのコーヒー用意しよっか」

「あのさ、今、幸せ？」

杏南は、一瞬きょとん、とした顔をしたけれど、幸せだよ、と言いながら、璃空の背中をぽんと叩いた。気持ちはわかるけれど今は働け、という意味かもしれない。璃空は遠くに飛んでいきかけていた意識を引っ張り戻して、杏南が並べたコーヒーカップを手に取った。業務用のコーヒーメーカーで淹《い》れたコーヒーを、ステンレスポットからカップに移すと、ふわりとコーヒーの香りが立つ。

「あー、ねえ、杏南」

「なに、なになに、どうしたの？　私、２番テーブルさんに紅茶出しに行こうかと」

「あのさ、コーヒーはやっぱり、エスプレッソマシンを入れようよ。もう少しお金貯まってからだけど。で、仕入れるコーヒーも、粉じゃなくて豆にしたい。その方がおいしいコーヒーを出せるし。焙煎機《ばいせんき》もあったら、もっといいにおいするかな？　あ、あと、ラテアートとか練習してさ――」

璃空、ちょっと待って、と、杏南が顔を引きつらせる。

「スパイス沼からまだ帰ってきてないのに、コーヒー沼にもハマるつもりなの？」

「あ、いや、うん、そっか」

「あっちの沼も深いんだから。ほどほどにしてよ？」

そうだよなあ、と言いつつ、璃空は現実に戻ってコーヒーを注ぐ。でも、きれいなラテアートを作れたら喜んでくれる人多いよね、と、心がまた夢を見ようとする。幸せだな、僕は、と、璃空は一人でにやける。

入口ドアが開いて、からんころん、とカウベルの音がした。杏南が、何名様ですかー、と声を張りながら、新規のお客さんの対応に向かう。璃空も、いらっしゃいませ、と挨拶をしたけれど、心はここにあらずだ。頭の中ではすでに、来月の月替わりスパイスカレーのアイデアと、おいしいコーヒーの淹れ方がぐるぐるとめぐっている。

# ブルーバード・オン・ザ・ラン（3）

「だめだよ、だめだめ。ちゃんとごはん食べないと」

「えー、だって、ごはん食べるのにあんま時間かけたくないからさ」

ランチのピークタイムを過ぎると、デリバリーの注文も一段落する。午前中から休みなく配達をこなしてきた実里も、ディナータイム前のこの時間は休憩に入る。たまたま、配達エリア近くのショッピングモールに日野ひかりが買い物に来ているというので、一緒に遅めのランチをしよう、という話になった。モール入口で待ち合わせ。日野は実里と合流するなり、「うわクッサ！」と仰《の》け反《ぞ》った。炎天下でしこたま自転車をこいだので、かなり汗をかいたせいだ。でも、日野も同じバスケ部で汗臭い高校三年間を過ごした仲なのだし、そんなに言わなくてもいいじゃん、と、実里は口を尖らせた。

あまりにも汗臭くて屋内のフードコートに行くのはさすがに気が引けるという話になって、屋外広場に向かった。広場にはパラソルつきのテーブルセットが設置してあって、いつも数台のキッチンカーが集まっている。今日は、猛烈にスパイスの香りを振りまいているキッチンカーが一台、ランチタイムを過ぎてもひときわ長い行列を作っていた。実里は並ばずにすむところでよかったのだけれど、日野が、おいしそうだからここにしよう、と、実里を行列の最後尾に引っ張った。直射日光の下で十分ほど並び、日野は「特製スパイシーチキンカレー」を、実里はボリュームのある「カレー&ロコモコ贅沢《ぜいたく》ダブル盛り」を注文した。できたての料理を詰めたテイクアウト容器とドリンクカップを持ってベンチに座ったところで、日野が実里に「バイト中、ランチはどうしてるの?」と聞いてきた。コンビニで栄養食品とかスポドリを適当に買って済ませてる、と正直に答えると、ちゃんとごはん食べないと――、という説教が始まったのであった。

「こんな暑い日に外走ってるんだから、しっかり食べないと倒れるよ?」

「それ、実際に倒れて入院した人に言われたくないんだけど」

日野はバスケ部だったころ、練習中にぶっ倒れて一日入院したことがあった。原因は、朝昼の食事抜きで練習に出たからで、以来、かなり食事には気を遣うようになったようだ。卒業後は管理栄養士を目指して専門学校に通っていて、いろいろ知識をつけたせいか、実里の食生活になにかとダメ出ししてくる。多少ウザくはあるけれど、言われていることはごもっともなので、反論できずにいる。

「なんかさ、実里は昔からごはんにこだわりがなさ過ぎなんだよ」

「まあねえ。お腹が膨れればそれでいいと思ってるからなあ」

「ほんとに？」

「なんか、めんどくさくない？　ごはん食べるってさ」

「めんどくさい、と思ったことはないけど」

人に、食に興味がない、と言っても、あまりいい反応は返ってこない。でも、別に悪いことではないと思っている。実里は決して偏食ではなく、食が細いわけでもない。毎日きっちりお腹は減るし、たまには「ちゃんとしたもの」も食べる。外食するときは相手の食べたいものに合わせられるし、食の好みで人とぶつかることがない。よほどのマズメシでなければなにを食べてもおいしいので、食費もかからない。いいことずくめじゃん？　と思う。

材料を買ってきて、作って、食べて、という食事の工程は、食にこだわりがあるほど時間がかかるものだ。実里は、食事に時間をかけるなら、本を読んだりスマホでゲームをしたり、他のことに時間を使いたいと思ってしまう。となると、カップ麺やレトルト食品、コンビニ弁当といったもので済ますのが合理的だ。もちろん、それだけでは体によくないことは知っているので、足りない栄養はサプリメントで補っている。

「いつからそう？　高校時代も菓子パンとカップラ食べてるとこしか見たことない」

「まあ、うち、昔から両親が忙しかったからさ。あんま家族で食卓囲んで、みたいなのなくて。だいたい、スーパーの惣菜《そうざい》かレトルトだったかな。全然それで不満ないんだけどね。すぐ食べ終われるし、まずくないし」

「なんかあれだよね。実里はごはんに時間かけるの嫌がる」

そうなあ、と、小さい頃の自分の食事を思い出してみる。両親は共働きで、学校から帰ってきても家に誰もいないことが当たり前だった。少し年の離れた兄も受験で遅くまで塾通いだったから、実里はいつも一人でごはんを食べていた。小学生のころは母が簡単な料理を作り置きしてくれていたけれど、静まり返った薄暗いダイニングスペースで冷蔵庫の不機嫌そうな唸り声を聞きながら独りきりでごはんを食べるのが怖くて、ごはんなんて食べずに早く自分の部屋に引き籠りたかった。でも、自分の部屋にごはんを持って行ったり、食べずに残したりすると怒られるので、とにかく時間をかけずに急いで食べるのが習慣になったのだ。

中学生になると、自分の食事を用意するために母が忙しそうにしているのが申し訳ないなと思うようになって、レトルトとか惣菜の買い置きでいいよ、と母に告げた。以来、ぱっと準備できるものをさっと食べる、という今の食事スタイルが出来上がった。

「まあ、無理に興味を持てとは言わないけど。でも、私みたいに倒れてほしくないからさ。こんな猛暑日に外で倒れたら、命にかかわるんだから」

「じゃあ、倒れる前にさっさと食べない？　これ」

実里がテーブルの上で手つかずのままになっているキッチンカーのテイクアウト容器

を指さすと、日野は、それな、と笑った。さっそく蓋を開けると、きれいに盛りつけられたカレーとロコモコが姿を現す。食事の時にあまり香りというものを意識したことがなかったけれど、これは思わず鼻をひくひくさせたくなるくらい、うわっと香りが顔を包み込む感じがした。こういうにおいは嫌いじゃない。

「うわ、ヤバい、なにこれおいしくない？」

目の前では、一口食べた日野が鼻を膨らませながら興奮した様子で実里に同意を求めている。そんなに？　と思いながら、実里もスプーンを手にした。四角い容器には少し色のついたご飯が仕切りのように盛ってあって、右側には茶色いソースのかかった丸いハンバーグが、左側にはやや赤みのあるさらりとしたカレーが、それぞれ分かれて合い盛りになっている。オプションでつけた別添えの容器には、彩り豊かな野菜と半熟のポーチドエッグ。途中で全部混ぜながら食べるとおいしいよ、と、キッチンカーの人に勧められた。ちょっと面倒だけど、面白い食べ方だな、とは思う。

ご飯を少し崩してカレーを軽く含ませ、口に運ぶ。口に入れた瞬間、いつも食べているレトルトカレーとは別次元の複雑な香りが鼻に抜けた。

「たぶん玉ねぎなんだと思うけどさ、すごい野菜の甘みが出てるよね。トマトベースだからさっぱりしててくどくないし、私、そんなに辛すぎないカレー好きなんだ。尖ってなくて優しい感じ。てか、スパイスの香りめっちゃ立ってる。所詮キッチンカー、なんて思ってたら、ちょっとびっくり」

実里には、どれがどの味、なんてわからない。でも、日野は一生懸命味を表現して、おいしさを共有しようとしている。あー、まあ、結構おいしいね、くらいしか言葉を返せないのが申し訳ない。日野の額には玉みたいな汗がにじんでいて顔も真っ赤だけれど、なんだか楽しそうだ。食べることは面倒くさい、という実里の意識が急に変わることはないかもしれないけれど、日野が楽しそうにしている理由はさすがにわかるし、そういう気持ちは共有できる。

「あのさ、日野」

「ん？　なに？」

「やっぱり、ごはんなんてお腹が膨れればそれでいいんだけどさ」

「あ、んー、そっか」

「でも、日野とごはん食べるのは楽しいし、好きだよ」

あと、ロコモコうまい、と実里が言うと、日野はスプーンをしゃきんと構え、一口ちょうだい、と、お茶目に笑った。

# オンリーワン・イズ・ナンバーワン

# 1

ぴぴぴ、というタイマーの音。西山《にしやま》すみれはお湯から麺茹で用のザルを引き上げ、ちゃっちゃっちゃ、と軽く振って湯を切った。「テボ」と呼ばれるそれは、一食分の麺が入るサイズの丸底円筒形の網かごに持ち手がついた調理器具だ。麺茹で機にセットしたり、湯を沸かした寸胴鍋のふちに引っかけたりして、中華麺やうどん、そばといった麺類を一人前ずつ茹でることができるようになっている。

茹で上がった麺をテボからスープの張ってあるどんぶりに移すと、カウンター席に座っていた数名の男女が、興味深そうに身を乗り出して器の中を覗き込んだ。薄いブルーで厚みのある青磁のどんぶりには、スープと麺だけで具のない素ラーメン。スープは、「ゲンコツ」と呼ばれる豚の大腿骨《だいたいこつ》と鶏ガラを中心に、野菜や乾物を加え、ほんのり濁った半透明の醤油スープ。麺は少し太めで、切り口が丸いストレート麺だ。

「すみれちゃん、すごいじゃないか。見た目は、だいぶいい感じになってきてる」

「だといいんですけど。ありがとうございます」

すみれが立っているのは、『らーめん味好』というラーメン店の厨房だ。中華料理店のような字面だけれども、「ウェイハオ」ではなく、「あじよし」と読む。市内には知らない人がいないのではないかというくらいの有名店で、毎日夜遅くまで老若男女が長蛇の列を作る。お昼時は駐車場に入れなかった車が店前の車道に並んで待つこともあって、近隣では「味好渋滞」などという言葉も生まれたほどだ。熱烈なファンも多く、すみれもそんな〝味好信者〟の一人だ。

けれど、その『らーめん味好』は、半年ほど前に惜しまれながら閉店してしまった。理由は、「マスター」こと店主の酒井《さかい》さんが突然亡くなったからだ。マスターはずっと独身でお子さんやお弟子さんもおらず、お店を継ぐ人がいなかった。

店主が亡くなって閉店する飲食店なんて、きっと日本中にたくさんあるのだろう。けれど、ファンにとって『味好』の閉店は青天の霹靂《へきれき》が寝耳にどばどば入ってきたようなものだった。そんな、味好ロス真っ只中《まただなか》の常連数名で結成されたのが、今日の集まりである「らーめん味好を後世に残す会」、略して「味好会」だ。マスターの親族の方が「誰かに店を引き継いでほしい」とSNSで呼びかけたのがきっかけでオンラインコミュニティが作られ、現在、コミュニティメンバーはすでに百人超。実際に『味好』再開に向けて活動しているコアメンバーが数名いる。

すみれは、「イケメンよりラーメン」という、面食いならぬ麺食い女子だ。一般的に

「女性に人気の」などという冠がつけられたお店は、おしゃれなカフェだったりスイーツのおいしいお店だったりすることが多いのだけれど、すみれは湯気の熱気に包みこまれるようなラーメン店の方が心躍る。学生時代には好きが高じてラーメン店でアルバイトしていたし、今は派遣社員として働きながら、SNSアカウントに食べたラーメンの写真を載せるのが趣味だ。そんな「ラーメン女子」の経歴を買われて、コミュニティに参加していたすみれに、「味好会」のコアメンバーから、店を継いでみてはどうか、という話がきた。もしやるのならば全面的にバックアップしてくれるという。もう三十歳も過ぎたことだし、派遣先で数年働いてまた次へ、という生活を続けるのも心もとなく感じていたところで、固定ファンのついている人気ラーメン店を引き継げるなら願ってもない話だ。マスターの味を残すことができて、みんなに喜んでもらえる。こんなチャンスはそうそうあるものじゃないと思って、「やります」と言ってしまったのだが——。

　これが、そう甘い話ではなかったのである。

　職人気質《かたぎ》のマスターは、生前にラーメンの作り方を誰にも伝えておらず、レシピも残していなかった。判明しているのは、店の仕入れ記録だけ。麺は製麺所に外注されていたので同じものを使えるけれど、肝心のスープは仕入れ記録などから分量やレシピを想像し、味を再現しなければならない。経験者、ラーメン女子、などと持ち上げられてその気になってしまったけれど、作り方やマニュアルが決まっているのと一から作るのとでは、勝手が違いすぎる。今日で試食会は三回目だが、すみれは今回もまったくもって自信がない。

「一応、前回の反省を踏まえまして、スープを取る時間を一時間延長してみました」

すみれの目の前で、会の面々が一斉にスープを口に運ぶ。ただ、ぱっと顔が明るくならないのは、前回と同様だ。

「なんだろう、やっぱり、ちょっとコクが足りなくて、醤油のカドが立ってるねえ」

そう言いながら首をひねったのは、『味好』がテナントとして入っている建物のオーナーで、開店初期からの常連でもある吉村《よしむら》さんだ。御年六十三歳、店主だった酒井さんとは同い年ということもあって、急逝にはかなりショックを受けていた。試作の期間中、建物を賃料なしで貸し出してくれている。

「杉田《すぎた》さんは、いかがでしょうか」

「あ、若干ですけど、獣臭さが気になりますね。あ、若干ですけどね」

「そうですかあ」

スープを舐《な》めるように飲みつつ控えめな感想を述べたのは、地元のＩＴ企業に勤める会社員で、コミュニティサイトの運営もしている杉田さん。おそらくは日本で一番『味好』のラーメンを食べた人だ。週五で通うのは当たり前、休日は一日に二回食べに来ることもあった超常連で、味の再現度に関しては杉田さんの意見が頼りになる。

「末広《すえひろ》さん、なにかご意見ありますか」

「そうなあ、もうちょい麺がするする口に入ったのよね。舌触りが違う感じがする」

末広さんは『味好』の開店当初から従業員として働いていた女性だ。年齢は五十代前半。バイトリーダー的ポジションの人で、すみれもお客だった頃に顔を覚えられて何度も会話したことがある。今回、すみれを推薦したのも末広さんだ。ただ、バイトリーダーとは言っても調理補助や事務作業がメインで、仕込みにはノータッチだったそうだ。

「麺は同じ麺なはずなんですよ。茹で時間が違うんでしょうか」

「いや、三分だったのは間違いないのよ。マスターとね、茹で時間はウルトラマンと一緒、なんて話をしたのを覚えてるし。固めは二分半、やわめは三分半」

『味好』の味をよく知る面々がいるのは心強い限りだけれど、一人一人の味の記憶から元の味に近づけていくという作業は、恐ろしく歩みが遅い。このままでは、いつになったら開店できるかわかったものではない。

「やっぱり、なかなか難しいもんだねえ」

吉村さんがため息をつきながら、ううん、と唸る。吉村さんは酒井さんの味を残したいという気持ちが強い人だし、物件オーナーとしても開店のめどが立たないのが困るのだろう。すみれは、肩を落として、すみません、と謝るしかない。

「いやいや、西山さんは精一杯やってくれてますし。レシピが残ってないのは我々にも誤算だったから」

すぐに杉田さんがフォローを入れてくれたが、気持ちは上向かない。『味好』のラーメンをレシピなしで再現しようなんて、ただのラーメン好き風情には荷が重い。やっぱり無理ではないだろうか。でも、期待をかけられている分、口には出せずにいる。

「材料費なんかもバカにならないですし。今のままだと――」

「ああ西山さん、それ。俺ね、クラファンを立ち上げてみようかと思ってるんですよ」

「クラウドファンディング、ですか」

「そう。手始めに、目標金額を百五十万円で出してみようかなって」

「え、そんなに集まりますかね」

「たぶん集まるんじゃないですかね。『味好』が復活するとなったら」

百五十万円、と、すみれは口の中でぼそぼそとつぶやく。それだけのお金を集めておいて味の再現ができなかったら、人を喜ばせるどころか非難を浴びることになってしまうのではないだろうか。でも、吉村さんも末広さんも、それはいい、などと同意しているのに、自信がないのでやめてください、とは言えない。

「いやあ、ラーメンは、豚ガラ、鶏ガラ、人柄、なんて言うけど、マスターはまさにねえ、人柄もみんなに愛されてたからね。きっとお金も集まるだろう」

悪気はないのだろうが、吉村さんの一言で、思い切りプレッシャーがかかった。すみれは、それは頑張らないとですね、とうなずくしかなかった。

## 2

はいよ、らーめん。マスターの朗らかな声とともにカウンターの高いところにどんぶりが置かれる。熱いから気をつけな、と決め台詞《ぜりふ》のように言われるのだけれど、その言葉とは裏腹に、どんぶりにはなみなみと熱々スープが注がれていて、こぼさないように自分の前に持ってくるのが至難の業だ。覗き込むように鼻を近づけると、いろいろな素材が混然一体となった奥深い香りが鼻に抜ける。うっすらと麺が見える程度に濁った茶褐色のスープは、ほのかにとろみのついたまろやかな口当たり。濃厚すぎず、あっさりしすぎず。口に含むと、深い旨みと優しい甘みがいっぱいに広がって、体の芯からほっとする。

やや太めで黄色みの強い真っすぐな麺は、すすり心地がよくてもちもちとした食感。刻みネギと小さな海苔《のり》、細いメンマがアクセント。目を引くのは、大振りのチャーシューだ。脂身が少ない部位なのに、しっとりとしていてとても柔らかい。でも、煮崩れる寸前のだしがらのような柔らかさではなく、旨みと歯ごたえがしっかり残っている。刻みにんにくや胡椒《こしょう》、辛みそといった無料の〝アメニティ〟も充実。ファンはめいめいこだわりの食べ方を確立していて、常連同士で自分のルーティンについて語り合うのも楽しみだった。
ジャンルに分類するのが難しく、ご当地系ラーメンでもない。目新しさはないけれど、似ているラーメンは見たことがない。パンチが効いているのに、毎日食べても飽きがこない。それが、唯一無二、『らーめん味好』のラーメンだった。

すみれがラーメン好きになったのも、『味好』との出会いがきっかけだ。

はじめて味好を訪れたのは、中学の時。今思えば大したことのない理由だけれど、クラス内で友達とギクシャクしていっぱいいっぱいになったすみれは、ある日の朝、家を出た後に学校へ向かわず、バスに飛び乗って一人で街に出た。人生で初めてのサボタージュだ。でも、いざ街に出てみると案外居場所がなくて困った。どこかで時間をつぶそうにも、財布にはお小遣いが千円ほどしか入っていないし、安価で入れるファストフード店やカフェ、カラオケ店なんかがあるエリアを中学の制服姿でうろうろしていたら補導されてしまう。今さら学校には戻りたくないし、家に帰ってサボりがバレたら親にどれだけ怒られるかわかったものではない。普段、部活が終わって帰宅する午後七時くらいまで、なにもない住宅地をうろうろしたり、公園のベンチでぼんやりして過ごすしかなかった。

その日は、冬の強い風が雪と一緒に吹きつけてくるような寒い一日だった。夕方になってあっさり日が暮れると、さらに寒さは厳しくなる。サボった罪悪感で心は休まらないし、疲れもピークに達して、歩いているだけでも辛い。居場所を求めてくたくたになりながら歩いていると、市内の中心部から少し外れた幹線道路沿いに、力強い字で『らーめん味好』と描かれた赤い看板が見えた。寒空の下でも、店前のベンチにはずらりと人が座っている。寒さと空腹に背中を押されて、すみれはふらふらと列に並んだ。

たっぷり三十分待って入った店の中は、熱気に満ちていた。大きな寸胴が湯気を噴き上げ、ちょっと太め体型のマスターとパートのおばさまたちが厨房をくるくると歩き回りながら注文をさばいている。大人たちに混じって食べた熱々ラーメンは、それまでに食べたどんな料理よりもすみれの体を温めた。冷えた体に熱が戻ってくると、急にぶわっと涙が出た。いきなり、ふえぇ、と声を出して泣き始めた女子中学生に周囲のお客さんは困惑していたけれど、マスターだけは、「どうだ、うちのらーめんは泣くほどうまいだろ」などと笑い飛ばし、味付け玉子を一つサービスしてくれた。

中学を卒業して進学した高校は『味好』までそう遠くない場所だったこともあって、すみれは『味好』に足しげく通うようになった。初訪問時にいきなり泣いたせいでマスターには完全に顔を覚えられてしまい、行くたびにサービスの味玉が載ってきた。『味好』の味玉は、半熟玉子が当たり前の昨今には珍しく、黄身までしっかりと火が入った固茹で玉子だ。まるでおでん屋さんの玉子のように中まで味がしっかり染みていて、白身はぷりぷり、黄身もパサつかずねっとりとした食感。これが、とんでもなく癖になる。

マスターは、すみれに「今は幸せか？」「無理してないか？」といつも声をかけてくれたし、末広さんをはじめとするパートのみなさんにも「味玉の子」とかわいがってもらった。贔屓《ひいき》だ、なんて文句を言うお客さんも一人もいなかった。お店の居心地のよさと、誰かに受け入れてもらえる嬉しさ。『味好』をきっかけにラーメン好きになったすみれは、チェーンのラーメン店でアルバイトをしながら市内のあちこちにラーメンを食べに行くのが趣味になった。短大を卒業して社会人になってからはさらに行動半径が広がり、今や原付バイクにまたがって隣県まで一人で遠征に行くほどだ。行列に並ぶのもすっかり慣れた。家でも学校でも仕事場でも、なんとなく居心地の悪さを感じてしまうすみれにとって、『味好』をはじめとするラーメン店は、大事な居場所になっていた。

「お姉さん、注文、どうする？」

「あ、ええと、はい、その……」

声をかけられて、思わず我に返る。そうだった、と、すみれはカウンター席に置かれた卓上メニュースタンドを手に取った。今日は、市内のラーメン店『中華そば・ふじ屋』に来ていた。どうやら、ここの店主さんはマスターと同じお店で修業した人のようで、なにかヒントが掴めるのではないかと思って食べに来ていたのだ。

『ふじ屋』は、いまどき五百五十円という低価格の「中華そば」が基本メニューだ。随分古くからある店のようだけれど、ネットではあまりレビューなどが見当たらず、常連を相手に細々と営業しているお店のように思われた。市内の有名店はほぼ制覇したすみれでも完全にノーマークで、杉田さんからマスターと同じ店の出身らしいという話を聞くまで、名前も知らなかったくらいだ。古めかしい暖簾がかかる入口は固く閉ざされていて入りづらいことこの上ない。勇気を出して店内に入ると、壁に「〝麺固め〟のご注文はお断りします」という貼り紙がしてあって、一気に緊張した。

「あの、じゃあ、中華そばを一つ。あと、味玉を」

「はいよ」

タンクトップにエプロンという独特のスタイルの男性は、思いのほかにこやかに注文を受け、棚からどんぶりを取り出す。店内は昼時を過ぎたせいか閑散としていて、すみれのほかには、お客さんが一人。お店はむきむきタンクトップ男性一人で回しているようだ。年齢は三十代前半から半ばくらいだろうか。お店の古さからして、男性は店主ではなく店員なのだろう、とすみれは思った。

タンクトップ店員さんは湯気を噴き上げる麺茹で釜に麺を二玉放り込むと、壁に掛けてあった柄つきの平たい丸網を手に取った。平網とか平ザル、あるいは蕎麦《そば》揚げなどと呼ばれる麺上げ用の網だ。『味好』では、テボに麺を入れて麺茹で機にセットするけれど、このお店では、大釜のお湯に麺を直接入れて茹で、あの平網ですくい上げるようだ。

茹で上がりを見極めたのか、店員さんは煮立った釜に平網を差し入れると、激しく対流する茹で湯の中からいとも簡単に一人前くらいの量の麺をすくい上げ、器用に網の上で躍らせた。一本一本ばらばらのはずの麺が、網の上でまとまって縦へ横へと反転し、最後にくるりと一回転。湯切りをした麺をどんぶりのスープに沈めると、もう一人分の麺をすくって、同じリズムで反転、一回転させる。重力だとか慣性だとか、そういう面倒な物理法則を無視したような麺の動きに、すみれは目を奪われた。心なしか、ファッションセンスなど壊滅的なはずの店員さんが、かっこよく見えてくる。

「中華そば、お待ちどおさま」

剝き出しのむきむきな両腕が、小ぶりな赤いどんぶりをすみれの目の前に置いた。こういうのでいいんだよ、と言いたくなるシンプルな見た目。スマホで一枚写真を撮ってから、まずはじっくりと観察する。細かい油の玉が浮く琥珀色《こはくいろ》のスープは驚きの透明度で、少し縮れた細麺がはっきり透けて見える。具材は、刻みネギ、細メンマ、海苔とナルト。味染みのよさそうなチャーシューが一枚。そして、しっかり色が入った追加の味玉がまるっと一つ。どことなく、見覚えのある具材のチョイスだ。

カウンターの端にいた客の男性が、割りばしをぱきんと割って、勢いよく麺をすすりはじめる。「やっぱうめえわ」「マジで」などと笑いながら店員さんと談笑しているところを見ると、おそらくは常連なのだろう。すみれも髪を結んで体勢を整え、レンゲでスープをひとすくいして口に含む。すぐに、ほあ、と声が漏れた。奇をてらうことのないド直球の醬油味。想像を裏切る味ではないけれど、想像よりも一段深い奥行きがある。麺をすすれば、たぶん日本人全員が、懐かしい、と言うのではないだろうか。無理なく体の中にすっと入ってくる味の浸透圧は昭和のエモさを醸し出していて、これぞラーメンの原点、源流という感じだ。こんなにおいしいラーメンを出すお店がメディアに取り上げられることもなく、あまり知られていないことは驚きだった。

麺を少し食べ進んだ後、満を持して、すみれは玉子に箸を伸ばした。一口食べて、あ、と声が漏れる。ぷりんとした白身と、しっかり味が染みた固ゆでの黄身。『味好』の玉子と一緒だ。ラーメンの方向性こそ違うけれど、ここの店主さんがマスターと同じ店で修業したという話は、きっと本当なのだろう。

夢中で麺をすすり、あっという間に具も平らげる。すみれがコップの水を飲みながらハンカチで額ににじんだ汗を拭っている間に、先にいたお客さんが支払いを済ませて外に出て行った。店員さんに話しかけるには絶好のチャンス到来だ。

「あ、あの、ここはお一人でやられてるんですか？」

店員さんが前のお客さんのどんぶりを下げながら、ちらりとすみれに視線を向けた。

「いや、大将がいるけど、この時間は休憩中なんだ。俺は修業中の身さ」

「修業中、ですか」

「ま、こうして店を任せてもらえるくらいだから、ただのバイトってわけじゃねえよ」

「今日はじゃあ、店主さんはお戻りになられないですかね」

「そのうち戻ってくるとは思うけど、なんだ、うちの大将に用でも？」

「あの、実は、とてもぶしつけなお願いがありまして」

「ぶしつけ？　お願い？」

「い、いきなりでほんとに、もうしわけないんですけど」

わたし、ラーメンの作り方を教えてもらいたいんです！

## 3

はぁ、と深いため息をつきながら、すみれは乗ってきた原付バイクにまたがった。勇気を振り絞って、「ラーメンの作り方を教えて」と頼んでみた結果は、案の定というか、当然というか、やっぱりノーだった。『ふじ屋』は店主さんとタンクトップ店員さんの二人ですべて回していて、修業のためにすみれを雇い入れる余裕はないし、わざわざ教えに行く時間もない、ということだった。有志で『味好』のラーメンを再現しようとしていること、『味好』のマスターと『ふじ屋』の店主さんがおそらく同じお店の出身であること、などを説明すると、タンクトップ店員さんは「大将が戻ったら話はしておく」と、一応の約束をしてくれた。連絡先は渡したものの、あまり期待はできないな、と思う。

この後はどうしよう、と、すみれは目的を決められないままバイクを走らせた。キープレフト、時速三十キロでぷたぷたと走っていると、どこからか人の声がしたような気がした。気のせいではなく、次第にはっきり聞こえてくる。まさかと思って左側のミラーを見たすみれは、驚きのあまりバランスを崩して転びそうになった。国道沿いのちょっと広めの歩道を、猛烈な勢いで走ってくる人影。白いタンクトップと、黒いトレーニングパンツ。『ふじ屋』の店員さんだ。

「おい、停まれ！」

すみれは慌ててウィンカーを出し、路肩にバイクを停める。タンクトップ店員さんは止まり切れずにすみれを追い越し、十メートルほどオーバーした後、息を弾ませながら戻ってきた。それにしても、バイクに追いつくとは尋常ではない。恐怖心すら覚えながら、おそるおそる、ヘルメットのシールドを上げた。

「あ、あの、なんでしょう」

「あの後すぐ、大将が戻ってきて、お姉さんを手伝ってやれ、って言うからさ」

「えっ、ほんとですか」

「明日、空いてんのかい」

「あああ、明日、はい。大丈夫です」

「じゃあ、朝一でそっちの店に行くから、作ってるとこ見せてくれ」

「わ、わかりました。用意しておきます」

「じゃ、明日な。俺は戻るわ」

呆気《あつけ》に取られているすみれをよそに、タンクトップ店員さんが、また猛烈なスピードで走り去っていく。明日、朝一、と繰り返しながら、すみれは再びバイクに乗った。とりあえず、これからやることだけは決まった。材料の買い出しだ。

## 4

ずるずる、と言うより、ズバァン！　という猛烈な勢いで一気に麺をすすり上げるタンクトップ姿の男を見ながら、すみれは厨房でそわそわしている。一口食べるなり眉間にしわが寄るのを見ると、心がぽっきり折れそうになった。

すみれに協力してくれることになった『ふじ屋』の店員さんは、池田《いけだ》翔《しよう》という名前だった。高校時代、陸上でインターハイにも出場したことがある元アスリートだそうで、あの引き締まった肉体にも、尋常じゃない足の速さにも納得がいった。ここ数年は『ふじ屋』でラーメン作りの修業をしつつ、独立開業を目指しているそうだ。ただ、なかなかクセのある人で、正直に言えば、すみれの苦手なタイプだった。基本的に上から目線だし、行動や仕草が妙に芝居がかっていてやたら面倒くさい。今日は予告通り朝早くから『味好』にやってくると、スープの仕込み開始から八時間もの間、すみれがラーメンを作る姿を腕組みしたままじっと眺めていた。ただでさえよく知らない男性と二人きりになるのはストレスなのに、舌打ちをされたり、鼻で笑われたり、細かいリアクションがいちいちメンタルを削る。

「ど、どうですかね」

「まあ、遠回しに言うのは性に合わねえからはっきり言うけどさ」

「はい」

「うまくねえな」

はあ、そうですかあ、と、ため息が出る。わかってはいたけれど、やっぱり正面からストレートに言われると、お腹の奥をぎゅっとつねられたような気分になった。

「そう、ですよね」

「元のラーメンの味は知らねえけど、さすがにもうちょいうまかっただろ？」

「はい、全然違うと思います。もっとずっとおいしかったです」

「ただ、こういう半濁系のスープっつうのは再現が難しいんだよなあ」

「難しい？」

池田さんの言う「半濁」とは、スープの濁り具合のことだ。鶏ガラや豚骨といった材料を沸騰しない程度の温度でじっくり煮出すと、スープは油と出汁が分離して、透明度の高い「清湯《チンタン》スープ」が取れる。『ふじ屋』のスープはこれだ。逆に、強火で長時間炊き続けると、骨や肉から溶け出した脂肪分が水と混ざって完全に乳化し、白濁した「白湯《パイタン》スープ」が出来上がる。「半濁」は、その中間くらいの状態で、火加減や時間によって出来上がりが千差万別なので、レシピや工程表なしに再現するのはかなり難しいらしい。

「でも、このラーメンがまずいのには、もっと単純な理由がある」

「理由？」

「もう一回、同じように作ってみ」

池田さんが厨房側に回ってきてどんぶりを二つ作業台に載せ、親指を立てて肩越しにスープを沸かしている寸胴を指す。すみれが麺茹で機にセットしてあるテボにひと玉分の麺を入れると、横に並んだ池田さんが同じようにテボへ麺を沈め、菜箸で少しかき混ぜた。特に変わったことをしている様子はない。

キッチンタイマーが茹で上がりを告げると、すみれはいつものようにテボを上げ、ちゃっちゃっちゃ、と軽く湯を切り、用意しておいたスープの中に麺を沈めた。その様子を見届けると、今度は池田さんがお湯からテボを引き上げる。そのままテボをしばらく動かさずに空中でぴたりと止めていたが、すぐに手首を返しながら勢いよくテボを、びゅん、と振る。厨房内にお湯が飛び散って、すみれは思わず「むわっ」と悲鳴を上げて飛びのいた。乱暴だな、と、少し腹が立つ。

「ま、これで食べ比べてみなよ」

「え、でも、二つとも同じだと思うんですけど」

「いいから」

池田さんの意図はよくわからなかったが、すみれはまず、自分で作った麺とスープだけの素ラーメンを試食する。まずいというほどではないけれど、マスターの作る『味好』の味には到底及ばない。なんとなく味がぼやけていて、そのぼやけっぷりをなんとかしようと濃くしたカエシのしょっぱさが舌に刺さる感じがする。

「次は、俺が麺上げした方」

続いて、池田さんが腕時計を見ながら、作ったラーメンを差し出した。一口試食すると、すみれは「えっ」とどんぶりを二度見していた。

「ぜ、全然違います！　なんで？」

同じスープに、ほぼ同じ時間茹でた同じ麺を入れたはずなのに、池田さんが作ったラーメンの方が文句なしにおいしい。池田さんのラーメンに比べると、すみれが作ったものは麺に芯が残っているのに表面はべちゃっとしていて変に粘り、すすり心地が悪いのだ。麺だけではなく、スープの味も全然違った。池田さんの方がずっとはっきりした味だし、麺と一体になっている感じがする。

「なんてこたねえさ。湯切りが甘いんだ。あんなチャカチャカ軽く振っただけじゃ、麺の間のぬめった水が切れねえだろ。そのまんまスープにぶっこんだら、ぬめりのせいで口当たりも悪《わり》ぃし、スープも絡まねえ。麺の間に残ってる余計な水分で味がぼやける」

中華麺は、湿気を吸って麺がベタついたりくっついたりしてしまわないように「打ち粉」がまぶされていることが多い。テボ茹では麺が密着して動きにくいので、どうしても麺の間に溶けた打ち粉のぬめりや茹で湯が残ってしまう。池田さんはテボをお湯から引き上げ、少し茹で湯が下の方に落ちてくるのを待ち、そこからテボを振って遠心力で一気にぬめりごとお湯をはね飛ばしたのだ。ちゃっちゃと振り落とすのではなく、遠心力を使えば麺自体がテボの中で動かないので、網目で麺が傷がつきにくい。そのちょっとした傷の差が、すすったときの口当たりに影響する。さっきは荒っぽい湯切りの仕方だと思ったけれど、まさかこんなにいろいろ理屈と理由があったのかと驚いた。

「いや、でも、お湯の切り方だけでこんなに違うなんて、信じられないです」

「湯切りだけじゃねえさ。俺は、麺をスープに落としてから一分置いたよな」

「一分？　それで時計を？」

「麺上げして、盛りつけて客に出すまでにそんくらいかかるだろ」

「嘘《うそ》ですよね？　そこまで計算して？」

すみれは、はあ、と呆けたような声を出した。

「細けえことの積み重ねなんだ、ラーメンってのはな」

「その……、わたしなんかにできますかね、ラーメン屋さん」

「本気でやるならちゃんと教えてやれるけど、覚悟はあるのか？」

「はい、頑張ろうとは思ってます」

池田さんはじっとすみれを見つめると、やがて表情を崩し、ふっと笑った。

「そうか。わかった。じゃあ、まずはトレーニングからだな」

「トレーニング？」

「なんでも基礎が大事だろ。有酸素と体幹やって、体作らねえと」

「いやその、冗談……、ですよね？」

「冗談なわきゃねえだろ。覚悟しとけよ。俺のトレーニングはガチだからな」

にこりともせず、真顔でわけのわからないことを言う池田さんを見ながら、頭に浮かんだ、前途多難、という四文字を、すみれはわしわしと噛みしめる。

# 5

「ただいま」

きしむ体を引きずってすみれが帰宅する頃、時刻はもう日をまたいでいる。玄関で靴を脱ごうと身をかがめるのだけれど、それだけで全身が悲鳴を上げた。ここのところ、毎日筋肉痛である。

池田さんの言った「トレーニング」は、なにかの比喩や冗談ではなく、本当にそのままの意味だった。昼は池田さんと一緒に『味好』の厨房でラーメンの試作。夜は市内中心部の運動公園に行き、十キロのランニングと筋力トレーニングをすることになっている。こんなことがラーメンと関係があるのか、と池田さんに聞いても、あるに決まってる、という答えが返ってくるだけだった。からかわれているのだろうか、という疑念が拭えないままへたへたになる日々が続いている。

「遅《おつそ》いわね。こんな時間まで、どこをほっつき歩いてんの？」

「あ、うん、ごめん。ちょっと」

ダイニングテーブルでは、すっぴんに寝間着姿のすみれの母が、つまみを並べて酒を飲んでいた。転がっている空き缶を見るに、今日も結構酔っ払っているのだろう。

「またあれなの？　ラーメン屋ごっこしてるん？」

「ごっこ、じゃないんだけど。ちゃんと、仕事になる予定だから」

「あのねえ、お店やって、すぐにつぶれて、借金でも背負ったらどうするつもり？」

「どうするつもりって、その……」

「あんたは昔っからそういうとこ考えが甘い。飲食業なんて、どこも厳しいんだから」

「そう、かもしれないけど」

「もっとさ、普通に生きなさいよ、彩未《あやみ》や楓《かえで》みたいに」

彩未はすみれの二つ上の姉だ。昔から成績優秀で、国立大を出て大手商社に就職。職場結婚して、少し前に子供が生まれた。三つ下の妹の楓は、姉妹の中でも突出して顔立ちが整っていて、学生の頃からとにかくモテた。今の恋人は開業医の息子さんで、いずれ家業を継ぐことになるそうだ。彩未と楓は安泰ね、と、母はよく言う。姉と妹の間にいると、すみれの人生は低空飛行に見えるのかもしれない。

昔から、すみれには彩未や楓のように目立つ長所がなかった。成績は姉ほど優秀でもなく、ずっと中の中。あまりメイクやファッションというものに興味を持たなかったので、容姿は自分でも地味めだと思う。優秀な姉と美人の妹と常に比較されて自分に自信が持てなかったせいか、恋愛も奥手で経験はほとんどなし。出会いもないし、婚活するゆとりもないし、結婚は早々にあきらめてしまった。

短大卒業後は、非正規の社員として職場を転々としている。実家暮らしなので、贅沢を言わなければ派遣の収入でも生活はできる。体力的、精神的に負担にならない程度の仕事をして、趣味のラーメン食べ歩きができればすみれはそれで幸せなのだが、母親の「普通に生きろ」という言葉は確実にすみれの心に刺さって、年々じわじわと食い込んできている。母に言わせれば、すみれは「普通じゃない」んだろう。

「そう、だね」

ちょっと疲れたから、と力なく答えて、すみれは二階の自分の部屋へ逃げるように引っ込んだ。小学生のころから使っている机とベッドしかない殺風景な空間。服を脱いで部屋着に着替え、汗まみれのトレーニングウェアを洗濯機に放り込まなければならないのに、体が言うことを聞いてくれない。今はこのままベッドに潜り込んで、思うさま眠りたかった。

「あんた、今月もちゃんと家にお金入れなさいよ！　うちはお金ないんだからね！」

部屋の外から聞こえてきた母親の言葉が、疲れた背中に重くのしかかる。気力を振り絞って、「わかった」と答えてベッドに倒れ込むと、そのままあっという間に意識が遠のいていった。

# 6

「おい」

「は、はい！」

すみれがスープを作る様子をじっと見ていた池田さんが、急に口を開いた。体がぎゅっと萎縮する。すみれの目の前では、豚骨と鶏ガラを放り込んだ寸胴が、ぽこぽこと静かに沸いている。

「今、なにしてる？」

「なにしてるって、その、アクを取って……」

「なんでアクを取ってるんだ？」

「なんでって、アクは取るのが当たり前じゃないですか」

豚骨や鶏ガラといった動物系の素材を炊き出すと、お湯の温度が上がるにつれてスープの表面にアクが浮いてくる。濁りと臭みの原因になるので、当然のごとく取らなければいけない。なぜ、と言われても、戸惑うばかりだ。

「アクを取らなきゃいけない？　なんでだ？」

「なんでって、スープに臭みが残っちゃうじゃないですか」

「へえ。じゃあ、そのアクは臭《くせ》えのか？」

「そりゃ、アクですし」

「舐めてみろよ、それ」

「え？」

「舐めてみろって。体に悪いもんじゃねえから」

　白い泡のようなアクをすくって、すみれはいやいやながらも口に入れてみた。獣臭い嫌な味がするのを覚悟していたけれど、案外、臭みはない。多少のえぐみはあるけれど、ちゃんと香りも味もある。豚や鶏のスープをぎゅっと濃縮した味、という感じだろうか。

「あれ、ええと、臭くは、ないです」

「そうだろ。じゃあなんで取るんだよ」

「なんで……」

「動物性のアクってのは、骨や肉から溶け出したたんぱく質が、脂なんかと一緒に熱で固まって浮いてきたもんだ。炊き始めのへドロみてえなアクは血が固まったやつで、かなり臭みがあるからしっかり取らなきゃいけねえけど、アク自体はうま味成分でもあるのさ。この店で使ってるガラは質もいいし、臭みなんかほとんどねえのに、親の仇《かたき》みてえにアクを取り続けたら、味も素っ気もねえすかすかのスープになるだけだぞ」

　そんな、と、思わず言葉が漏れた。アクがうま味だなんて、考えたこともなかった。

むしろ、「悪い」の「アク」からきているんじゃないかと思っていたくらいだ。

「わたし、その、アクは、取らなきゃいけないって思ってたので……」

「それが問題なんだ。つまり、考えもせずにアクを取ってたってことだろ？　本当にこいつを取らねえとまずくなるのか、一度でも確かめたか？」

「それは、その」

「あのヘドロみてえなアクを取らずにそのまま炊く店もあるし、なんならガラの血抜きも下茹でもしねえ店だってあるんだぜ？」

「え、おいしくなるんですか、それ」

「試してみりゃいいだろ」

「でも、『味好』のスープは臭くなかったですし」

「いいか、人類ってのはな、昔から、仮説、実践、検証を繰り返しながら進歩してきてんだよ」

「話がずいぶん大きく」

「ラーメンも一緒だぞ。どうやったらうまいもんが作れるか、考えて、作って、食ってみて、を繰り返して、うまいもんができてきたんだ。ここのマスターだって、そうやって自分の味を作り上げたはずだぜ？」

「マスターが、ですか」

「アクはこまめに取らなきゃいけねえとか、煮干しでダシとるときは頭とはらわたを取らなきゃいけねえとか、お上品な日本料理じゃあるまいし、ラーメンにそんなお作法なんかねえんだよ。アクごと骨炊いたっていいし、昆布《こんぶ》をボコボコ煮出したって問題ない。できたもんがうまけりゃ、な」

「おいしければ」

「うまいラーメンを作りたいなら、固定観念にとらわれんな。既成概念は捨てろ。普通とかセオリーとか定石《じょうせき》なんてものはラーメンの世界にはねえんだ。うまいかまずいか、全部自分の舌で確かめんだよ。ラーメンてやつは、オンリーワンがナンバーワン、どこまでも自由で、可能性は無限大なんだ。狭苦しい常識の中をくるくる走り回ったって、ゴールは見えてこねえぞ」

「……はい、わかりました」

自由とか、可能性とか、そんな概念は今までのすみれの人生にはなかった。ずっと、狭苦しい常識の中でルールに従って生きようとしてきたのだ。いきなり、自由、と言われても戸惑うばかりだった。

「まあ、とりあえず今日はこのまま炊いてみようぜ。ダシが薄く感じたら、次はアクをあまり取らずに炊いてみりゃいい」

「はい」

「しっかし、自分の店開いたら、こういうのを何百回、何千回と繰り返さなきゃいけないんだぜ。気が遠くなるよな」

「大変、ですよね」

そうだよなあ、と、すみれはぼんやりと頭の中で計算をする。『味好』の定休日は週一日で、年末年始とお盆に数日しか連休はなかった。たぶん、マスターは年間で三〇〇日は厨房に立っていた。それを二十年だ。

「でも、ラーメンに残りの人生を捧げるのも悪くねえと思うんだよな、俺は」

「そうですか」

「なかなかないだろ、こんな自由な世界」

熱量高いなあ。すみれはため息に変わりそうな息を、鼻から静かに抜いた。

# 7

「おいしいですね、ここ」

「まあまあ、ってとこじゃねえか?」

豪快な音を立てて麺をすすり上げる池田さんの横で、すみれも負けじと麺を口にねじ込む。場所は市内の某ラーメン店。東京の超有名店ののれん分けで、瞬く間に行列を作るようになったお店だ。本当は一人で来たかったのだけれど、つい池田さんに話してしまい、誘わざるを得なくなってしまった。俺も行きたい、と言ってくれればまだよかったのに、「あんまり好みのラーメンじゃなさそう」だとか、「糖質を少し制限しないといけない」とか、さんざんもったいつけた挙句に当たり前のようについてきたので、どっと疲れた。

ラーメンを食べながらお店の厨房を眺める時間は、すみれにとって至福の時だ。寸胴の数がいくつあるとか、どこの製麺所の麺箱《めんばこ》が積んであるかとか、注意深く見れば、そのお店がどうやってスープを作っているのか、どういう材料を使っているのかがぼんやりと見えてくる。麺場や洗い場の設置の仕方、どんぶりや調味料の置き方。お店それぞれに工夫や哲学があって面白い。

「あの、あれ、やっぱり難しいですよね」

「あれ？」

すみれは自分の目の動きで「あれ」を池田さんに伝えた。視線の先に、麺を茹でている店員さんの背中がある。このお店は、麺茹でに大きめの寸胴を使っている。麺上げはテボではなく、平網だ。

「ああ、あれか」

「あれ、できたらかっこいいかなと思って」

実は、『ふじ屋』で池田さんが平網で麺上げをしていたのがかっこよくて、すみれもネットで平網を購入し、『味好』の厨房で「平網上げ」にチャレンジしていた。けれど、これが考えていた以上に難しい。沸騰して激しく対流するお湯の中から麺をすくおうとしても、網の上に一人分の麺を載せることすらままならないのだ。なんとか網に載せても、湯を切ろうと網を振ると、網の端から麺がずるずるこぼれ落ちてしまう。もたもたしていると麺が伸びてしまうし、気ばかり焦って手元もくるう。池田さんは簡単にこなしていたけれど、数人分の麺を同時に茹でて、一人前ずつ伸びる前に手早く湯を切ってどんぶりに盛りつけるという一連の工程は、かなり技術がいるのだ。結局、まともに使いこなすことができず、すみれは平網で麺上げをするのを諦めてしまった。

「感覚を摑むまでは結構大変かもな。俺も、濡《ぬ》れタオルで練習したからな」

「そんなに練習しなきゃいけないのに、なんでわざわざあの網を使うんですかね」

「そりゃ簡単だ。うまいからさ」

茹で釜や大きな寸胴を使って大量のお湯の中を泳がせるように麺を茹でると、テボ茹でと違って打ち粉がしっかり落とせるのでぬめりが取れやすく、麺一本一本の茹で上がりも均一になるそうだ。さらに、平網の上なら、「面」でしっかり湯切りができるので、必要以上に力を加える必要がなく、麺に傷がつきにくい。え、テボ使うよりずっといいじゃないですか、とすみれが言うと、池田さんはあっさり、そうだよ、とうなずいた。

「じゃあなんで、マスターは平網を使わなかったんでしょうね」

「なんにでも、利点と難点てのがあるからな」

「難点があるんですか」

「まず、そもそも平網使うのは技術がいる。ここみたいに経験値のある従業員がいりゃいいけど、バイトにやらせるってのはなかなか難しい。それに、テボなら注文が入ればすぐに麺を茹で始められるだろ？　でも、平網を使う時は、一定数まとめて麺を茹でなきゃいけねえ。茹で始めたら途中で追加もできねえし、タイミングによっては客を待たせることになるわけだ」

「一回にいっぱいお客さん入れて、一気に茹でなきゃいけないってことですかね」

「そんな簡単な話じゃねえよ。使ってる麺にもよるけど、一気にやりすぎると、一番先に上げた麺と最後とで茹で具合がだいぶ変わっちまうだろ？」

「『ふじ屋』さんは大丈夫なんですか」

「うちは客が少ないからな。大将は、宣伝打って客をバンバン入れるより、丁寧に一杯一杯仕上げられる程度の客数をキープする方を選んだんだ。儲けるより、自分の納得のいくラーメンを出したいって人なのさ。でも、儲けてる店は客のことを考えてねえってわけじゃねえよ。なるべく待たせずに客をさばくのも一つのサービスだからな。結局、なにを第一にするのか、って話さ」

今日訪れたお店は、『らーめん味好』に匹敵する繁盛店だ。店舗入口には正社員募集の貼り紙もあって、積極的に技術を習得しようとする従業員もいるのだろう。麺上げにつきっきりの人を置いても、スタッフの数が多いので、盛りつけや配膳、会計がスムーズに回る。『味好』も行列店ではあったけれど、従業員の数はこの店の半分以下だし、マスターはお客さんとのコミュニケーションを欠かさない人だったから、ずっと麺上げにかかりきりにはなれなかったのだろう。その上、『味好』の客層は老若男女幅広い。このお店のように、若い男性客が中心のお店とは違って、老人もいるし、家族連れもいるしで、食べるスピードにばらつきが出る。食べ終わった人が退店したらすぐ次の人を入れ、注文を受けたらすぐに麺を茹で始め、と効率よくお店を回すためには、平網よりテボを使う方が都合がよかった、ということだろうか。

「一人前を茹でるだけならテボより平網の方が間違いなくうまく仕上がるけど、なる早で十人前作れ、って言われたら、価値観が変わるってことだ」

「お客さんを待たせすぎるのもよくないですもんね」

「ラーメン屋ってのは、客にどう喜んでもらうかが勝負だからな。原価、味、提供時間。そういう制限がある中で、どれだけハイパフォーマンスな一杯を作り上げられるか。それが、ラーメン職人の戦いってもんだ。どうだ、わくわくするだろ？」

まあ、そうですね、と、すみれは無難な返事をする。

「そっか、そうですよね」

「うん？」

「前に、池田さんは、ラーメンは自由な世界、って言いましたけど、やっぱりそこまで、なんでもかんでも自由ってわけにもいかないですよね」

そりゃな、と、池田さんはうなずきながら、レンゲでスープをずばずばと飲む。ほんの一口分の麺を残して、すみれは箸を置いた。お腹もいっぱいだったけれど、なんだか胸がいっぱいになって、ラスト一口が喉を通りそうになかった。

「一つ、覚えとけよ」

「はい」

「ほんとの自由ってのはな、この世界には存在しねえんだ。人が二人いるだけでも、すべて自分の思い通りってわけにはいかなくなるだろ。かといって、人ってのは誰かがいてくれねえと生きていけねえ社会的動物だ。純度百パーセントの自由なんてものははじめっからありゃしない。人がいて、ルールがある。俺たちはある種、真の自由を犠牲にしないと生きていけねえ」

「そうですよね」

「でも、この制約だらけの世界の中で、それでも、人が人らしく生きるために、先人たちが作り上げてきたのが、自由、って概念なんだよ」

「結局、幻、ってことですか」

「ちがう。自由を摑むためには、一度制約を飲み込まねえといけないんだ。俺たちは、いろんな壁に囲まれてる。ラーメン屋だってそうさ。自分の生活も考えなきゃいけねえし、客が来なきゃつぶれちまうからな。でも、このどんぶりの中は小宇宙なんだ。俺たちは、自分の人生とか、生きざまとか、哲学とか、鶏ガラやら豚ガラと一緒にそういうもんもスープに炊き出すのさ。誰に命令されるわけでもなく、自分の意志でオンリーワンのラーメンを作り出せる。それは、自由ってもんだろ?」

また話が大きくなりすぎ、と言おうとして、すみれは口をつぐんだ。たかだかラーメンを作るだけのことをこんなにも大きな話に膨らますことができるのは、池田さんが大げさなだけなのだろうか。逆に、自分の人生を小さく価値のないもののように表現し続けてきたのは、すみれの方なのかもしれない。

小宇宙かあ、などと考えながら、少しの麺が残ったどんぶりに目を落とす。自分の、誰にも顧みられることがなかった人生をラーメンに込めたら、いったいどんな味になるのだろう。このラーメンにも、誰かの人生が溶け込んでいるのだろうか。もうだいぶ伸びてふにゃっとしてしまった最後の一口分の麺を、すみれは口にねじ込んだ。

# 8

やってしまった。

午前五時半にセットしていたはずのアラームは、すみれを起こしてはくれなかった。なんで鳴らなかったのかと焦ってスマホの画面を見たのだけれど、アラームが鳴った形跡はあって、単に起きずに眠りこけていただけとしか言いようがなかった。

昨夜は、妹の楓とその婚約者が結婚の挨拶に来ていた。姉の彩未も子供を旦那さんに預けて帰省し、家でささやかな食事会が催された。ただ、すみれは翌日朝一から池田さんと試作の予定が入っていたので、お酒は飲まず、早めに寝ると決めていた。宴もたけなわというところで中座して自室のベッドにもぐりこみ、スマホのアラームをセットして照明を消したまではよかったのだけれど、下の階のどんちゃん騒ぎの音がうるさくて、どうにもこうにも眠れなかった。

――ねえ、すみれはラーメン屋やるとか本気で言ってるの？

もう少し声のボリュームを落としてもらえないかと頼みにすみれが階段を下りると、

ドア越しに楓の声が漏れ聞こえてきた。思わず、ドアレバーから手を離して廊下の暗がりに身をひそめる。続けて、彩未の声も聞こえてきた。

——お母さん、やめさせたら？

——だって、聞かないんだもの、あの子。

——へえ、そんなにやりたがってるの？

——違うのよ。一回やるって言っちゃったから、もう断れないんだって。

——ええ？　そんな理由？

苦笑する彩未の声に、すみれの胸がずきんとうずいた。自分がいないところで交わされる家族の会話を聞くのは怖かった。でも、耳をふさいで部屋へ戻ることも、もうできない。

——そんな甘い考えじゃ、失敗するんじゃない？

——失敗するに決まってるわよ。無計画なんだもの。

——ときどき大胆な行動を取るよね、すみれって。

——なんで普通のことが普通にできないのかしらねえ、あの子だけ。

普通ってなんなの。

勉強して、大学を出て、就職して。結婚して、家を買って、子供を産み育てて。そういうことを「普通」と言ってしまえる人間に、すみれはなれなかった。家族の言う「普通」は、いつもすみれの手の届かないところにある。

もちろん、すみれ自身が努力すれば少しは人生を変えられたのかもしれない。けれど、いくら勉強しても姉ほどの成績にはならないし、ダイエットをして化粧にお金をかけたところで、素材の時点で妹に負けている。努力をして、それがちゃんと報われるなら誰だって努力くらいする。でも、天井が見えている人間は、努力する気になんかならないのだ。やればできるとか、やらないうちから諦めるなとか、そういうポジティブな言い回しにはずっとうんざりしてきた。努力すれば届くことと、やったってできっこないことくらい、やる前にだいたい区別がつく。

でも、じゃあなんで。

ラーメン屋をやる、なんて言っちゃったんだろう。

ドアの向こうから、楓の「トイレ」というのんきな声が聞こえてくる。すみれは咄嗟《とっさ》に足音を忍ばせて階段を駆け上がると、わざとどたどたと音を立ててもう一度下りた。ドアを開けて廊下に出てきた楓が、あれ？　という感じですみれを見上げる。

「なんか眠れないから、やっぱり飲む！」

すれ違った楓に聞かれるよりも先に、言い訳のようなことを言いながらすみれはリビングに飛び込んだ。これ以上、家族の輪の中から遠ざかりたくなかったし、なんだか無性にお酒を飲みたい気分だったのだ。

その後、夜遅くまでがばがばお酒を飲んでしまった結果が、今朝の大寝坊だった。時刻はもう午前十時を過ぎている。池田さんからは五件ほどの着信が来ていたけれど、ある時間を境にぱたりと履歴が途絶えていた。慌てて服を着替え、すっぴんのまま外に飛び出してバイクにまたがってはみたものの、今から『味好』に行ったところで、池田さんはとっくに帰ってしまっているだろう。こちらから来てくれと頼んでおいて寝坊なんかした以上、もう協力をお願いすることもできそうにない。

やっぱり、わたしには無理だったんだよ。

すみれの心の奥で、張っていた糸がぷつんと切れる音がした。今までの人生と違う方向に行けるんじゃないか。『味好』を継ぐ話をもらったときは、そんな希望が見えた気がしたけれど、やっぱりうまい話はそうそう転がってはこないのだ。世の中、ラーメン屋を開業する人はたくさんいる。でも、一年、三年、五年と時間が経つほど廃業するお店は増え、十年以上続くお店は本当に稀《まれ》だ。『味好』のように、二十年もの間愛され続け、行列までできるお店を作り上げられる人は、実は選ばれし者なのだ。

やっぱり無理です、諦めます、と言ったら、味好会のみなさんはなんて言うだろう。いまさら無責任な、と怒り出すだろうか。でも、だったら他の人がやってみたらいい。一番大変なところを全部すみれに押しつけて、出来上がったラーメンにダメ出しをするだけの人たちに文句を言われたくはなかった。池田さんだってそうだ。よくよく考えれば、自分のお店を持ってるわけでもないのに、やたら上から目線で偉そうだし、クセが強くて面倒くさいし。好き勝手言う人たちの間で翻弄されるのは、もう疲れた。

もういいよ、もういい。

『味好』のことは諦めて、また勤め先でも探そう。どこでもいいから正社員になって、肩身の狭い実家から出られたらいい。すみれにはすみれの、分相応な「普通」があるはずだ。人生は、全部普通、没個性の右へならえでいいんだ。

そう割り切ってしまうと、少し体が軽くなった気がした。

原付を走らせて、時速三十キロで風を切る。今日はラーメンのことはすべて忘れて、一日好きなことをして過ごそうと決めた。新しい服でも買って、たまにはラーメン以外のものでも食べに行って。

脳裏に、『味好』のマスターの笑顔がかすかに浮かんだ。けれど、それは次第に暗くなって、記憶の奥底に沈んでいった。

# 9

「中華そば、おまちどおさま」

「ああ、あ、ありがとうございます」

寡黙で無骨な雰囲気の店主さんが、カウンターに赤いどんぶりを載せる。なぜこんな状況になっているのだろう。すみれは小首を傾げながら熱々のどんぶりを持ち上げて手元に寄せた。

お昼前に家を出て、向かったのは市街地にある大型ショッピングモールだった。まずは久しぶりにウィンドウショッピングをしてみることにしたのだが、欲しいものがまるで思いつかず、結局なにも買うことなくとぼとぼと施設を出た。ラーメンじゃないものを食べよう、などと思っても、二日酔いのだるさと気持ちのもやもやで食欲も全然湧かない。お昼過ぎにはもうすることがなくなって、とりあえず近くにある大きな公園に行き、時間をつぶすことにした。

公園は、いつも池田さんとトレーニングに訪れている場所だ。最初は毎日筋肉痛でうめいていたけれど、最近はそれなりにメニューをこなせるようになってきていた。いつも走らされているジョギングコース脇のベンチに座り、スマホを片手にだらだらと過ごすうち、あっという間に日が傾いてしまった。

今日は一日自由なはずなのに、どうしてこんなになにもできないんだろう。理由はわかっている。胸の奥に、池田さんに対する罪悪感があるからだ。スマホを手にして何度も連絡しようと思ったけれど、その度に断念した。無為に過ごす一日にため息をつきながらも現実を直視したくなくて、あてもなくバイクを走らせているうちに、市内を通る国道に出た。やがて前方に歩道橋が見えてくると、すみれは自然とスピードを落としていた。歩道橋のすぐ近く、大学病院の向かい側に、『中華そば・ふじ屋』があるからだ。

お店の前にさしかかると、以前は不在だった店主さんらしき男性が店の外に暖簾を出していた。夜営業が始まったところなのだろう。池田さんは、お店に戻っているだろうか。思わず店前の駐輪スペースにバイクを停め、色あせた暖簾の前に立った。

「あれ、今日は一番乗りじゃなかったかあ」

振り返ると、常連と思《おぼ》しき年配の男性がすみれの背後にいて、『ふじ屋』に入店しようとしているところだった。にこにこと笑みを浮かべながら、お先にどうぞ、と、すみれの入店を促す。いやわたしは客じゃなくて、という言葉が言い出せず、男性に押し込まれるように、すみれはお店に入ってしまった。

店内は相変わらず経営状態が心配になるほど静かで、店主さん以外、他のお客さんも、池田さんもいなかった。カウンター席に案内されると、そのまま流れで注文せざるを得なくなってしまい、ほどなく、注文を受けた店主さんが調理を始めた。すみれの分と、年配の常連さんの分、二玉の麺が茹で釜に放り込まれる。池田さんもこなれた様子でラーメンを作っていたけれど、店主さんの動きはさらに年季が入っていて、流れるような美しさを感じた。平網の上の麺を軽やかに踊らせる様子は、一見、ものすごく簡単なことをしているようにしか見えないが、それがいかに難しいことなのか、すみれはもう知っている。思わず、その手さばきに見とれてしまう。

出来上がったラーメンを前にして、どうすればいいのか迷った。約束をすっぽかしておいてのんきにラーメンを食べている場合ではないのだけれど、かといって今さら手をつけずに退店するわけにもいかず、迷いながらも黙ってレンゲを口に運んだ。皮肉なことに、二日酔いの体には醬油味のきりりとしたスープがことのほかおいしく感じられる。胃を通して、心に染みてくるスープの温かさ。すみれも、こんなスープが作りたかったのに。

「ああ、あの」

池田さんのことがどうしても気になって、勇気を振り絞って店主さんに声をかけた。二人分のラーメンを作り終えた店主さんは、すみれの声に視線を向けはしたけれど、愛想よく笑ったり返事をしたりはしなかった。

「〝あれ〟は、やっぱり店主さんのこだわりなんですか?」

「あれ?」

まずは話のきっかけを作ろうと、池田さんの話題を出す前に少し回り道をする。すみれの視線の先には、「〝麺固め〟のご注文はお断りします」という貼り紙がしてある。貼られたのは随分前なんだろう。紙が黄色く変色している。

「ああ、あれ」

「わたし、麺が伸びないように固めで頼むこともあるので、気になってしまって」

「いや、こだわりと言うほどでは。ただ、うちで使ってる麺は、低加水の細ストレート麺というやつでしてね」

「はあ、低加水麺」

麺を作るとき、小麦粉に加える水の量が多い麺を多加水麺、少ないものを低加水麺と呼ぶことは、すみれも知っている。多加水麺は生めんの状態でも水分量が多く、茹でるともちもちとした食感になり、あまり水分を吸わないので伸びにくい麺になる。逆に、低加水麺は固めの食感で小麦の香りが強く、伸びやすい代わりにスープをよく吸う。なので、濃厚で麺に絡みやすいスープには多加水麺を、スープがあっさりしていて麺に絡みにくいときは低加水麺を使う、といった使い分けがされる。

「麺固め、と注文されるお客さんもいますけどね、うちの麺は、固めに上げると逆に伸びるのが早いもんでですね」

「え、固めなのに、ですか？」

「ある程度しっかり茹でて麺に水分を与えておかないと、スープに入れた瞬間、余分にスープを吸って麺がダレてしまうんですよ」

「そんな理由が」

「毎回説明するのも面倒なもので、ああして貼り紙をしてるんですがね」

「じゃあ、店主さんのこだわりと言うよりは、お客さんのために？」

「もちろん、自分の主張でもありますよ。一番いい茹で加減で出してますから」

「そ、そうですよね」

「要望に答えるのも大事ですけど、結局ね、うまいものを出すのが一番お客さんのためになりますんで」

　自分の人生で、誰かのためになにかをしたことが一度でもあっただろうか。店主さんの話を聞きながら、すみれはふとそう思った。自分の仕事が最終的に誰かのためになったことはあるかもしれないけれど、それはすみれ自身がそうしようと思ったことではない。日常生活で、誰かのために、と意識して行動することは、あまりないことだった。でも、店主さんも、そして池田さんも、とても自然に「お客さんのために」という言葉を使う。

「今日はその、店員さんは、お休み……ですか」

「店員？」

「以前、タンクトップ姿の店員さんとちょっとお話ししたことがあって」

「ああ、池田君か。彼は、もう辞めてしまったんですよ」

え、と、大きな声が出そうになるのを必死で堪える。池田さんは、『ふじ屋』を辞めた、なんて一言も言っていなかったのに。

「なにかあった、とか」

「いや、突然、やりたいことができたから辞めます、とね。まあ彼がそう言うのには理由があるんだろうと思って送り出したんですが」

「引き止めなかった……んですよね」

「まあ、もともと私が独りでやってた店に、強引に転がり込んできたやつなのでね。出ていくときもそういうものだと思ってましたから」

「その、なんで辞めたのかはご存じないんですか」

「さあ。でもまあ彼は子供の頃からヒーローになる夢を持ってたみたいですし、案外、どこかで人助けでもしてるんじゃないですかね」

「原動機付自転車は三十キロまでしか出してはいけない」と規定した道路交通法を恨めしく思いながら、すみれはゆっくり急いで『味好』を目指していた。赤信号や二段階右折にいらいらしながらも、必死に目的地を目指してぷたぷたと進む。

# 10

連絡もせずに約束をすっぽかしたら、普通の人は怒って帰ってしまうだろう。でも、相手はあの池田さんだ。もしや、すみれが来るのをひたすら待っているのではないか。いやそんなバカな、と思っても、いてもたってもいられなくなった。会計を済ませて『ふじ屋』を出ると、すみれは急いで『味好』に向かった。十中八、九、池田さんはいないとは思うけれど、それを確認しなければならない。

先ほど聞いた『ふじ屋』の店主さんの話が本当なら、池田さんはすみれのことを店主さんには話しておらず、店を辞めてすみれを手伝ってくれていたことになる。どうしてそんなことを？　と考えてみても、答えはまったく見えてこない。『ふじ屋』で聞いた言葉の通り、池田さんはヒーローになるべく、すみれに手を差し伸べたのだろうか。自分の人生とか生活が変わってしまうのに。

日が落ちて暗くなった道路の先に、『味好』の看板が見えてくる。マスターの生前は夜の住宅地に妙な存在感を醸し出していた赤い看板も、今はライトアップされることがなくなって、暗闇に半ば溶けてしまっている。かつては車でいっぱいだった駐車場の入口には、車止めのカラーコーンが置かれていた。場所貸しをしているお店前の自動販売機だけが、ぼんやりとした光を放っていた。

駐車場の端っこにバイクを停め、すみれは光に吸い寄せられる虫のごとく、自動販売機の淡い灯《あか》りに向かって歩き出した。一歩一歩近づくと、その光がほとんど届かない暗がりに、人影が一つあることがはっきりしてくる。軒先に置かれた簡素なベンチ。人影は、そのベンチに腰掛けたまま、じっと動かない。

「池田、さん」

ベンチに座っていたのは、まぎれもなく池田さんだった。いつものタンクトップ姿。まだコートが必要な時期なのに、襟なし袖なしの格好は見るからに寒そうだ。池田さんはすみれの姿に気づくと、頬を強張《こわば》らせ、舌打ちをして立ち上がり、うん、と背伸びをした。待ち合わせ時間は朝の七時だった。もうすぐ、十二時間が経とうとしている。

「遅《おせ》えんだよ。何時間待たすんだよ」

「だって、そんな」

お店の鍵を持っているのは、すみれだ。池田さんはお店に入ることもできずにずっと待たされていたにもかかわらず、怒り出す様子もなく、すみれを非難することもなく、さっさと店の鍵を開けろ、と不機嫌そうに扉を親指で指すだけだった。でも、はいそうですね、今すぐに開けます、というわけにはさすがにいかなかった。すみれは謝らなければいけなかったし、池田さんが帰らずにすみれを待ち続けた理由を確かめなければならなかった。

「どうして、ですか。どうして、ここにいるんですか」

「どうしてもこうしてもねえさ。そういう予定だったんだし」

「だって、わたしは、連絡もせずに」

「まあ、マニュアル通りにラーメン作ったことしかねえ人間が、いきなり、毎日毎日朝も早《は》よから骨炊いて、周りからああでもねえこうでもねえってくさされる生活をしたら、逃げ出したくもなるだろさ。それが人間ってもんだ」

「わたし、今日、寝坊してしまって――」

「いちいち経緯を説明する必要はねえよ。だいたい想像はつくからな。このまま連絡もよこさねえってんならしょうがねえなと思ってたけど、こうして店までやってきたんだ。やっぱり、勝手に全部ぶん投げて、一人で逃げちまうのは気持ち悪《わり》いって思ったんだろ?」

「寝坊して、起きたら、なんか全部、いやになって、それで、それで!」

「だから、わかってるって。で、もうあきらめんのか? それとも、今日の分の試作、今からやんのか？　明日仕切り直すのか？　どうすんだ？」

あっさりと許されてしまうと、今日一日、すみれの胸を覆いつくしていた罪悪感が行き場を失った。そして、その罪悪感と引き換えに手に入れようとした「自由」も、するりと逃げていった。すみれはたぶん、池田さんに見放されたかった。コテンパンに罵られるとか、軽蔑されるとか。お前なんかにラーメン屋はできない、と言い切ってもらえたら、ああ、自分にはやっぱり無理だったんだ、などと納得して、人生の定位置に戻ることができたのだ。行列のできる人気ラーメン店の店主になり、毎日いきいきとラーメンを作る生活なんて、所詮は夢物語だったんだとあきらめられたのに。

でも、やるのか？　やらないのか？　と言われてしまうと、すみれが人に押しつけようとした決断を、改めて自分でしなければならなくなる。「やりません」と自分の口で言うのは、人から無理だと言われるよりも惨めだった。かといって、「やります」と答えれば、また先の見えないラーメンとの戦いが始まる。苦しい、しんどい。涙が溢れてきて、耳がかっと熱くなった。池田さんはむっつりと押し黙ったまま、めそめそと泣くすみれを見下ろしているだけだった。

「昔、陸上やってたって言ったろ。俺は生まれつき完全無欠のフィジカルエリートだから、オリンピックに出て、世界新を出して金メダルを獲って、国民的ヒーローになるもんだと普通に思ってた」

池田さんは再びベンチに腰掛けると、おもむろに話を始めた。本気か冗談かもわからない話だけれど、ヒーロー、という単語が、混乱するすみれの頭にじわっと染み込んでくる。

「でも、国民的ヒーローになるには、一つ、越えられないハードルがあったんだ」

「……ハードル、ですか」

「俺は生まれつき極端に乗り物酔いする体質なのさ。ガキの頃、バスん中で吐き散らして白い目で見られてから、乗り物に乗ること自体が恐怖になった。もう、車でもバスでも電車でも、乗った瞬間めまいがするし、乗ろうとすると震えがくる。トラウマってやつさ」

池田さんにそんな弱点があるとは思いもしなかったが、そういえば、と思い当たる節もあった。池田さんの移動手段は基本的に、歩くか、走るかの二択で、稀に自転車を使うくらいだ。『味好』のあるエリアから池田さんの自宅まではかなり離れていて、池田さんの足でも走って二時間はかかるらしい。もはやマラソンじゃないですか、と驚いたくらいだ。

「高一でインハイに出た時なんざ、会場まで二十時間かけて自転車《チャリンコ》で行ったからな。それがマズかったのか、二百メートルの決勝、ラスト十五メートルで足が上がらなくなって、思いっきりコケた。実力じゃ負けるわけなかったのに」

「……………」

「その時に、あれ、って思ったよな。オリンピックに出るなら、乗り物に乗れねえと土俵にすら立てねえんじゃないか？　っていう。そこから、メンタルやられて自由に走れなくなって、陸上は辞めた。俺は最初から、金メダルぶら下げた国民的ヒーローにはなれない運命だった。ガキの頃から真っすぐ走ってきた道は、行き止まりだったのさ」

普段だったら、自分語りする人は面倒くさいな、と思うところだったけれど、池田さんの話にすみれは引き込まれていた。無駄に自信満々で、我が道をひた走っているかのような池田さんにも、挫折した過去があったとは思ってもみなかった。

「飛べねえブタがただのブタなのと一緒で、走れねえ俺はただの人なんだ。でも、どっかでヒーローになれんじゃねえかとあっちゃこっちゃ勤めてみたけど、結局、その他大勢だったり、むしろ足手まといだったりさ。ナンバーワンでオンリーワン、誰からも愛される人生を送るつもりだったのにくそつまんねえことになって、それを受け入れられないまま、いつの間にかいい歳《とし》になってた。そんな俺を救ってくれたのが、ラーメンなんだよ」

「ラーメンが、ですか」

「ラーメンてやつは、店出すのに年齢も経歴も関係ねえだろ？　定年退職後のオッサンだろうが、高校卒業したばかりのぺーぺーだろうが、頑張り次第でなんとかなる。俺が今からプロ野球選手になることも一流企業に入ることもできねえだろうが、ラーメン屋として成功する可能性なら間違いなくある。俺の作ったオンリーワンなラーメンが、誰かのナンバーワンになるかもしれねえってことだ。それなら、俺にもまだ生きる価値がある」

すみれは、『味好』の看板を見上げた。マスターの作り上げたオンリーワンのラーメンは、いつしかすみれのナンバーワンのラーメンになっていた。金メダルを獲って世界のナンバーワンになるような才能はなくても、世の中のラーメン屋さん、ひいては飲食店一軒一軒それぞれに、「ここが自分のナンバーワン」と思ってくれるお客さんがついている。もし、すみれが『味好』の味を再現することができれば、すみれもまた、誰かのナンバーワンになることができるだろうか。

「もちろん、ラーメンなら素人でもできるんじゃねえか、みたいに舐めてるわけじゃねえんだ。大将の店で修業させてもらって、甘いもんじゃねえなって嫌というほどわかったさ。でも、やっぱり、ラーメンてやつは自由だよ。自由がある」

「わたし、まだわかりません。その自由がなんなのか。あんなにラーメンが好きだったのに、ラーメンのことを考えるのがどんどん辛くなってきて、作れる気も、しなくて」

「俺たちを待ってる自由ってやつは、海だの空だのみてえに視界いっぱいドカンと広がってるわけじゃねえんだ。身動きもままならねえぎゅうぎゅうの不自由の中で、なんとか前に進もうとした人間だけが、ようやくどんぶり一杯分くらいの自由を手に入れられる。たいていの人間はそこにすら手が届かねえんだ。不自由の中で自分の身の置き所を見つけて、そこに収まる。悪いわけじゃねえが、俺はそれじゃ満足できなかった」

大げさだな、と思いながら、すみれは静かに池田さんの隣に座った。タンクトップ一枚の筋肉質な体から、熱が噴き出しているように感じた。

「すみれも、そうだろ」

「えっ、わたしですか」

「初めて店に来たとき、そんな気がしたんだよ」

「どうしてですか？」

「直感だな。なんか、昔の俺と同じような目をしてたからな。ラーメンを教えてほしいってわりには、視線の向きが定まってねえ。なにかしてえと思ってるけど、なにをすりゃいいのかわかんねえ、みたいな。そんな目だった」

なんでだ？　と、池田さんがちらりとすみれを横目で見る。なんで、かあ、と、すみれは背もたれに体を預けて、ふっと吐き出した。

「わたし、ラーメン屋をやりたいって思ったんじゃなくて、ただ、その他大勢でいるのがいやになっちゃっただけだと思うんですよね」

「その他大勢？」

「派遣社員てね、誤解を恐れずに言うと、正直誰でもいいんですよ。いないと仕事回らないかもしれないけど、それはわたしじゃなくてもいい。明日わたしがこの世界から消えていなくなっても、次の人がいるんで大して困らないんですよ。それって、結構さみしいというか。なんのために生きてるのかわかんなくて」

「それで、オンリーワンなラーメン屋をやろうと思ったのか？」

「前に勤めてたとこは、ビル前の広場にキッチンカーが来てたんですよね。カレーとか、ロコモコとか、いろいろ。たまに買いに行くんですけど、店員さんがみんな笑顔で、人生楽しんでそうに見えたんですよ。看板も、この料理はうちにしかないぞ、みたいな主張が強くて。実際やったら大変なんでしょうけど、誰にも縛られずに、自由でいいな、って」

「へえ」

「わたし、ラーメン屋でバイトしてたときが人生で一番楽しかったんですよ。たぶん、飲食業が好き。でも、そういうのでずっと食べていくなんて難しいだろうしって、最初からあきらめて普通に就職しようとしたんですけど、見事に失敗して。で、もう惰性で生きるしかなくなって、派遣やりながらキッチンカーを毎日眺めてる生活してるときに、『味好』をやらないかって話をもらったんで、勢いでやりますって言っちゃっただけなんですよ」

「無計画にもほどがあるな」

「そうなんですよね。昔から、あんまり計画とか立てられない性格で」

「勢いだけでラーメン屋はできねえぞ。事業計画とか経営戦略とか、そういうのが杜撰《ずさん》なとこはだいたい速攻でつぶれるからな」

「池田さんはどうなんですか」

「俺は、こう見えて理系だから、そういうとこきっちりしてる」

「お店を辞めてまでわたしを手伝ってくれたのも、計画通りですか」

店主さんにも言わずに――。すみれの言葉に、池田さんは、なんだ、知ってたのか、と言うように軽く鼻で笑って、ふっと息をついた。

「もちろんだ。全部計画通り」

「ほんとですか？」

「そろそろな、俺も独り立ちしなきゃならねえ時期なんだ。すみれの手伝いをすれば勉強になるし、無償のご奉仕ってわけじゃねえさ。大将はまあ、いつでも出てって好きなことやれって感じさ。いちいち相談したり、許可を取ったりはしない」

「でも……」

「まあいいや、そろそろやろうぜ。だいぶ押してるからな、今日のスケジュール」

# 11

節電のために照明をほぼすべて落とした店内は、なんだか異世界のような雰囲気だった。しんと静まり返った空気の中で、スープを入れた寸胴だけがぼこぼこと音を立てている。豚ガラは八時間。時間差で加える鶏ガラは七時間。自称理系の池田さんが整理してくれた工程表には、火を入れてから何時間後になにをするかが細かく書き込まれている。水温の推移だとか、スープが蒸発していく量もしっかり計算式で算出されていて、作業開始から八時間が経った今、ほぼその通りにスープが仕上がろうとしていた。

厨房には、スープに合わせるタレがずらりと並んでいる。前回の試作から配合を変えたもの、配合は変えずに冷蔵庫でしばらく寝かしたものなど、十数種類。ひとつひとつすべて試食してみて、記憶の中の『味好』の味と照らし合わせる。気が遠くなるほど何度も繰り返してきたのに、まだ味の再現には至らない。もう、自分の舌がおかしくなってしまっているのか、味の記憶が曖昧になってしまっているのか。

さっきまで、自分の理想とするラーメンについて暑苦しいほど饒舌《じょうぜつ》に語っていた池田さんは、まるで糸が切れたようにくたりとお店のカウンター席に突っ伏し、静かに寝息を立てている。毛布なんて気の利いたものはないので、すみれはバイクに乗るために着てきた厚めのブルゾンを掛けることにした。なになに筋、という筋肉の名称はわからないけれど、ごつごつした池田さんの背中が、呼吸するごとに波打っている。

池田さんの寝顔を覗き込んでいると、セットしていたタイマーが無機質な電子音を鳴らした。池田さんを起こさないようにすぐ止めて、寸胴の中を見る。豚ガラ、鶏ガラ、そして香味野菜や乾物のうま味がしっかり溶け出した半濁スープ。見た目の雰囲気は、これまでで一番いい感じだ。

試食用の小さなお椀《わん》を、カウンター裏のコールドテーブルの上に並べる。ラーメンのスープを構成するのは、食材から取った出汁と、調味のためのカエシ。そして、香りとコクを加える香味油の三つ。お椀ごとに作り方や配合、材料の違うカエシと油を組み合わせたり、比率を変えたりして、できたばかりの鶏豚出汁を注ぐ。作業をしているうちに、あれ、と、すみれは手を止めた。

香り。

いつも『味好』の店内に漂っていた香りが、ふわりと香った気がした。期待を込めて、一つ目の試作スープを口に含む。

「近い、かも」

思わず、すみれの口から言葉がこぼれた。とろりとした舌触りと、鼻に抜けていく匂い。そして、口の中に広がる優しい甘み。今日のスープは、やっぱりいい感じだ。用意しておいた表に、感想と評価をメモして次へ。水で口をゆすぎ、一旦舌をリセットしてから、二つ目のお椀を手に取る。うん、近い。近いけれど、少し違う。評価は△。もうちょっと味がはっきりしていた気がする。次。これは違う。油のにおいがきつく感じるし、味も濃すぎる。評価×。

すみれが、五つ目のお椀に口をつけた時だった。腕にぞわぞわと鳥肌が立つ。今までで一番近い。というか、これは『味好』のあのラーメンの味そのものじゃない？　と思うほど似ていた。自分の味覚を信じられずに、すみれは二口めを舌にふくませた。

とろり、ふわり。

「い、池田さん、池田さん！」

カウンター越しに、若干激しめのいびきをかいていた池田さんの肩をゆする。興奮と緊張で、手の震えが止まらない。池田さんは、もはや気絶しているのではないかと思うほど深い眠りに落ちていたけれど、カウンターを回って背後から首がぐわんぐわんするほどゆすり起こすと、ようやく、んあー、という不機嫌な声を出して目を覚ました。

「でで、できた気がするんです」

「できた？」

「スープです、スープ。『味好』のスープですよ、これ！」

池田さんはがばりと起き上がると、あっという間に職人の顔になり、並んでいるスープを見回した。

「五番か」

「五番です」

「よし、麺と合わせてみようぜ」

麺茹で機を動かすには時間がかかるので、小ぶりな寸胴にたっぷりの水を入れて、湯を沸かす。でも、その沸騰するまでの時間すらもどかしい。湯が沸き出すと、池田さんが冷凍しておいた麺を入れ、菜箸でほぐしながら泳がせた。生麺と同じく、茹で時間は三分。その間にすみれが青磁のどんぶりを用意して、五番のカエシと香味油を一人前きっちり計り、スープレードルになみなみ一杯の出汁を合わせて麺が飛び込んでくるのを待った。三分のタイマー。池田さんが、すみれが買ったきり使っていなかった平網で軽やかに麺を上げると、具なしのラーメンが完成した。ほんのりと濁ったスープには香味油の玉が浮いている。厨房の一角だけを照らす淡い照明の光の下で、スープも麺も、きらきらと美しく輝いて見えた。そのまま一分、池田さんと並んで麺とスープが馴染むのを待つ。

「食ってみろよ」

「は、はい」

レンゲとお箸を持って、立ったままどんぶりに鼻を近づける。鼻の奥で感じる、懐かしい香り。スープをひとすくいして、口の中へ。頭の中で言葉として感想を整理する前に、突き動かされるまま麺をすする。その瞬間、薄暗かった店内がぱっと明るくなって、すみれの五感がぐるぐると動き出した。むせ返るような、豚や鶏のはっきりした出汁の香り。どんぶりを重ねる音。眼鏡をかけていようものなら一瞬で曇らせてしまうほどの湯気と熱気。いらっしゃい！　という軽快なマスターの声。カウンター席にはお客さんがずらりと並んでいて、額に汗しながら熱々のラーメンと格闘している。すみれは、突然目の前に現れたかつての『味好』を、呆然《ぼうぜん》と眺めていた。

——はいよ、らーめん。

——こぼさねえように、気をつけな。

目の前の席に目を向けると、そこにはすみれ自身がいた。マスターが節くれだった大きな両手で包むようにどんぶりを持ち上げて、すみれの前のカウンターに載せる。スープは熱々のなみなみ。味しみしみの味玉がサービス。カウンターの向こうのもう一人のすみれは、どんぶりを手元に置くなりすぐに割りばしを割って、無言で「いただきます」と手を合わせた。まずはスープを一口。熱さで眉間にしわを寄せたものの、すぐにぱっと表情が変わった。口元が緩んで、目が光を取り戻す。そこから、一心不乱に麺をすすり、具を嚙みしめ、ラーメンを夢中で胃に収めていく。最後に「特権」の味玉をレンゲの上で割り、スープで黄身をほんの少し溶きながら口に収めてフィニッシュ。お腹はぱんぱんで息をするのも苦しいけれど、食後に飲むコップ一杯の冷水が、最高においしい。

わたし、あんな幸せそうな顔しながら食べてたのかなあ。

気がつくと、照明が一つだけのひっそりした店内に戻っていた。軽い気持ちで「やります」なんて言ってしまってから半年。心が震えて、目も鼻もくちゃくちゃになるくらい涙が出て、感情が抑えきれなくなった。ふええ、と声を上げて泣く。こんな子供みたいな泣き方をするのは、初めて『味好』のラーメンを食べて以来のことだ。

「おい、大丈夫か」

「池田さん、食べてみて……、ください」

「お、おう」

涙を拭いながら、すみれはどんぶりを池田さんの前にスライドさせた。池田さんが、例の、ズバァン、という勢いではなく、気持ち丁寧に麺をすする。ちらりとすみれを見ると、どんぶりを持ち上げて直接スープを飲み、うん、と大きくうなずいた。

「ど、どうですか？　ちゃんと、『味好』のラーメンですよね？」

「その、なんだ。ラーメンはうまい。間違いなくうまいけど――」

「けど……？」

池田さんの言葉に、すみれの体が緊張した。おいしいけど、なんだろう。まだ足りないところがあるのか、再現できていないところがあるのか。

「あのな、俺はここの店のラーメン、食ったことねえんだって」

ああ、そうでした！　と、すみれは頭を抱え、急いで自分のスマホを手にした。電話をかけた相手は杉田さんだ。初めは留守電になっていたけれど、しつこく何度かコールすると、電話の向こうから寝ぼけた声が聞こえてきた。時刻はもう、深夜というより朝方だ。杉田さんも間違いなく寝ていただろう。

「はい、杉田、です、けど」

「おはようございますっ！」

「おは、よう……？　西山、さん？」

「す、杉田さん！　ちょっと、お店まで来られませんか！」

「お店って……、今何時――」

「早く来てください！　今すぐ！　大至急！」

「な、なにが、どうしたのか、わかんないけど」

「できたんです、た、たぶんですけど、再現できたと思うんですよ！」

杉田さんの、ああー、という間の抜けた声がもどかしい。もっと興奮して、もっと喜んでもらいたいのに。すみれの声の勢いで杉田さんも目が覚めてきたのか、だんだん受け答えがはっきりしてきた。

「その話なんですけど、西山さんとこに、吉村さんから連絡行ってないですか？」

「連絡？　吉村さんから？　いや、まだなにも」

「そっか。じゃあ、明日連絡するつもりだったのかもしれないなあ」

「なんの話ですかね」

「見つかったらしいんですよ」

「見つかった？」

「マスターの遺品からレシピらしきものが見つかったって、親族の方から吉村さんのとこに連絡がきたそうで」

「え！　本当ですか！」

「とりあえず、吉村さんが見に行くって言ってたので、たぶん、モノを確認してから西山さんに連絡するつもりだったんじゃないですかね」

「そう、だったんですね」

「でも、試作品、出来上がったんですか？　ほんとに？」

「そう……なんですけど、まあでも、マスターのレシピがあるなら、それ通りに作った方が確実、ですよね？」

しばし、電話を挟んですみれも杉田さんも無言になった。レシピが見つかったのならば、これまで何度も重ねてきた試作は骨折り損ということになってしまう。さっきまでの歓喜と興奮はなんだったのか。いやでも、レシピが見つかったのは喜ばしいことであって。感情の板挟みになって、すみれは言葉がうまく出てこなくなった。杉田さんも空気を察したのか、なぜか「ごめん」と謝っていた。

「い、今から行きます！　試作品、食べてみたいですよ。うん、ぜひ食べたいなあ！」

「いや、その、いいです、いいですよ！　ちょっと興奮してこんな時間に電話しちゃいましたけど、杉田さん、今日仕事ですよね？」

「でもほら、西山さんの努力の結晶ですし、い、行きます！　今から急いで！」

通話が切れ、すみれは思い切りため息をついた。杉田さんにがっつり気を遣わせてしまったなあ、という気まずさと、さっきまでの興奮から急に冷めてしまった居心地の悪さ。なんだろう、もうちょっと早めにレシピ見つけてほしかったなあ、などと、考えない方がいいことを脳が勝手に考えてしまう。

「でも、レシピが見つかったのは、いいことですよね！　確実に再現できますし！」

池田さんもいたたまれなくなっているのではないかと気遣って、すみれは空元気全開の笑顔を作って振り返った。が、視界に池田さんがいない。あれ、と思って足元に目をやると、まるでくたくたにくたびれたテディベアのような格好で厨房の地べたに座り込んだ池田さんが、すうすうと寝息を立てていた。そんなところで寝たら風邪ひきますよ！　と、すみれはまた池田さんの肩に両手を置き、首をぐわんぐわん揺らす。

## 12

ぴぴぴ、というタイマーの音。すみれは両手に一つずつテボを摑むと、少しの間、静止して水が落ちてくるのを待った。今だ、と、思い切り手首を返してテボを振ると、ずばっとお湯が飛ぶ。コールドテーブルの上には、すでにスープの張られたどんぶりがいくつか用意されていた。すみれがテボを傾けて麺をスープに滑り込ませると、すぐに末広さんが横から箸で麺を整え、鮮やかな手さばきで具を盛りつけていく。

「お待たせしました、らーめんです」

緊張のあまり声をひっくり返しながら、すみれはカウンターにどんぶりを載せた。スープはもちろん、なみなみの熱々。でも、カウンター席に並んでいる男性二人は不安そうに目を合わせた。無理もない。おそらく、すみれの顔はガチガチに固まっているのだろう。

『味好』店内の席はすべて埋まり、全員がすみれの一挙手一投足に注目している。人からこんなに注目されたことなど今までに一度もないし、そんな状況でラーメンを作るのももちろん初めてだ。体は思い通りに動いてくれないし、手も足も震えっぱなし。それでも、しょっぱなの麺上げがなんとかうまくできて、止まりかけていた息をようやく吐きだすことができた。

マスターのレシピが見つかってから一ヵ月。今日は、クラウドファンディングで支援してくれた人たちを集めての試食会を開催している。もちろん、すみれ一人ではパンクするので、末広さんがかつてのバイト仲間に声をかけ、スタッフを二人集めてくれた。いずれもお店のオペレーションをよく知る方々で、心強いことこの上ない。他の「味好会」メンバーも、受付や入店整理など、裏方で奔走してくれている。

試作段階のスープは営業時の二十分の一の量しか作っていなかったけれど、今回の試食会では本番用の大きな寸胴で仕込むことになった。『味好』が営業していた頃の量と比較すればまだまだ少ないとはいえ、これまでとは桁違いの量のスープが必要だ。仕込みは大仕事で、重くて大きな調理器具を運んだり、見たことがないほど大量の骨や野菜を担ぎ上げたりしなければならなかった。池田さんの「トレーニング」の必要性を、今さらながら痛感することになった。

一時は、自分だけが損な役回りをしていると思って、投げやりになってしまっていた。

でも、「味好会」のみなさんは、それぞれすみれとは違ったところで『味好』の再建に向けて動いてくれていたようだ。末広さんは、営業開始のめどが立ったらすぐスタッフを集められるように、旧『味好』で働いていた人たちと連絡を取って、近況を把握してくれていた。杉田さんが立ち上げたクラウドファンディングでは、最終的に三百万円近くの援助金が集まった。吉村さんは、マスターが残した殴り書きのレシピを解読し、きちんと整理してくれた。おかげで、スープ以外にも、チャーシューやメンマ、そしてあの特徴的な味玉の作り方も知ることができたのだ。その他にも、たくさんの人が陰になり日向《ひなた》になり協力してくれたおかげで、今日という日がある。

「いただきます」

最初のお客さんはどういうリアクションをするだろう。次の麺をテボに落としながら、喉の奥からはみ出してきそうな心臓を懸命に落ち着かせる。大丈夫。だって、あんなに頑張った。何度も作って、何度も食べて。すみれの中では、今日のスープは満足のいく出来だ。でも、相手はかつての味を知る『味好』ファンのお客さんたちだ。これじゃない、とがっかりさせてしまったら。裁判の判決を待つような気持ちになっていると、ずずず、とスープを飲む音が聞こえた。ややあって、勢いよく麺をすする音が聞こえる。

「あ、『味好』だ」

一人目の口から、ぼそりと言葉が出た。その隣の男性が、目を丸くしながら、「うわ、マジだ！」と興奮気味に声を上げた。少し離れたところにいた男性は、「あ、これ、これです！」と大きくうなずきながら繰り返しスープを飲んだ。一人一人の興奮が、波のように店内を駆け巡って、大きなうねりを作っていく。

先に食べた人たちの感想を聞いて、ラーメンの出来上がりを待つ残りのお客さんたちがざわつき始めた。その騒然とした空気を切り裂く、ぴぴぴ、というタイマーの音。

「麺上がります」と掛け声をかけて、すみれは両手にテボを摑み、池田さんに教わった通りにずばんと湯を切った。お客さんの反応は気になるけれど、まずは、注文の数だけラーメンを作らなければならない。

カウンター席にいるお客さんにラーメンが行き渡りだすと、まるで祭囃子《まつりばやし》のように音がにぎやかになっていった。麺やスープをすする音。陶器のどんぶりとレンゲが触れ合う澄んだ音。コップをカウンターに置く音や、ティッシュで鼻をかむ音。たくさんの音が奏でるリズムに応えようと、すみれはまた思い切りテボを振る。そのうち、あまりラーメン屋では聞きなれない音が、すみれの背中に降り注いできた。ラーメン屋だけじゃない。すみれの人生で、その音が自分に向けて降ってきたことなど、一度もなかった。

拍手の音。それも、割れんばかりの。

すみれが驚いてカウンター席に目をやると、ラーメンを食べた全員が立ち上がって、拍手をしてくれていた。中には、指笛を鳴らす人までいる。スタンディングオベーション？　ラーメン屋で？　と、少しおかしくなって笑おうとすると、胸の奥から熱いものがぐわっと膨れ上がって、両目から噴き出しそうになった。だめだめ、と、拍手をくれたお客さんにぺこぺこ頭を下げ、すぐに麺茹《や》で機に向き直った。空いたテボに次の麺を入れて、タイマーを三分にセットしなおす。止まない拍手を背中で受けながら、すみれは新調したポロシャツの肩で、両目からこぼれた汗を拭った。

## 13

ゴムホースで厨房の床に水を撒《ま》き、後片づけも完了だ。終わった、と思うと、体にどしんと疲労がのしかかってくる。カウンター席に、よっこらしょ、とばかり腰を下ろすと、そのままおしりから根っこが生えて立ち上がれなくなった。最後まで残って手伝ってくれた末広さんが、お疲れさま、と、すみれの肩に手を置いた。

試食会は控えめに言っても大成功だった。招待客のみなさんからは「こんなの『味好』の味じゃない！」といった否定的な意見は皆無で、おおむね、限りなく近く再現されている、と好評だったようだ。今日の結果をもって、すみれが二代目店主となり、『らーめん味好』をリニューアルオープンすることがほぼ確定した。これから、開業の手続きをし、クラウドファンディングで集めた資金を使って改装工事を入れ、メニューを絞ってプレオープンを行った後、いよいよ通常営業を始める。すみれの肩書も「ラーメン店店主」になるわけだ。

こんなこともあるんだなあ、と、ひっそりとした店内で、他人事のようにつぶやく。勢いで「やります」と言ってしまったのがすべての始まりで、よくわからないまま突っ走り、挫折して、失敗して。今日一日は記憶が曖昧になるほどあっという間に過ぎ去ってしまったけれど、お客さんが拍手してくれたり、オープンしたら絶対来るよと言ってくれたりしたことが、胸の奥にじわっと熱として残っている。自分の作ったもので喜んでくれる人を目の前で見ることが、こんなにも嬉しいなんて想像もつかなかった。そうか、こういうことなのか、と、すみれは胸をぎゅっと抱え込んだ。一生、この熱を忘れないように。

「すぅちゃん、今日はお疲れさま。先に帰るわね」

「あ、はい。本当に、今日はありがとうございました」

帰り支度をした末広さんが、すみれの横にやってきた。手には、吉村さんが差し入れてくれた栄養ドリンク。目の前に置かれて、思わず苦笑した。チョイスがおじさんくさいなあとは思いつつも、ぐったりした体がエネルギーチャージを欲している。

「お礼を言いたいのは、こっちよ。私、ここで働くの好きだったから。また働けるなんて、嬉しくてね」

「そう、ですか。よかったです」

「マスターもね、きっと、すぅちゃんに感謝してるわよ。天国で、ありがとう、って」

マスターの顔を思い出すと、鼻の奥がつんとする。中高時代、すみれのメンタルを支え続けてくれた「味玉サービス」の恩返しが、少しはできただろうか。

「じゃねー。お店頑張ろうね」

半分下ろされているお店のシャッターをくぐるようにして、末広さんが帰っていった。一人になって少しほっとしたのも束《つか》の間《ま》、末広さんがなぜかすぐに戻ってきた。忘れ物ですか？　と聞くと、早く来て、と言うように手招きをする。

何事かと、すみれは末広さんの後に続いて半開きのシャッターをくぐり、外に出た。もう外は真っ暗。たまに目の前の道路を走る車のヘッドライトが見える以外は、自動販売機がぼんやりと光っているだけだ。すみれを外に連れ出した末広さんがなにか言う前に、すみれの足はぴたりと止まった。ついでに呼吸も止まったし、危うく心臓も止まりかけた。数メートル先に、くっきりとした輪郭を持った人影が見えたのだ。

暗がりに浮かび上がる、季節感ゼロの白いタンクトップ。

池田さん、と声を掛けようとしたけれど、声が出ない。

結局、池田さんは今日の試食会には姿を見せなかった。厨房には池田さんもいるべきだった、とすみれは思う。もし池田さんがいなかったら、たとえマスターのレシピがもっと早くに見つかっていたとしても、すみれはスープ作りも麺上げも満足にできなかっただろう。だから、このラーメンは池田さんの協力があってできたものです、とお客さんに知ってもらいたかったのに。

試食会終了後になってようやく姿を現した池田さんに対する気持ちは、なんだか複雑だった。駆け寄っていって成功を報告したい気持ちもあるし、今さら来てどういうつもりですか、と責めたい気持ちもある。感謝をしてもしきれないのに、文句も次から次へと湧いてくる。池田さんもすみれの姿に気づいている様子なのに近づいてこないのは、たぶん、「俺はもう部外者だからな」なんて面倒くさいことを考えているんだろう。

すみれが感情を整理できないままに立ち尽くしていると、後ろから、背中をどん、と押された。ととと、と、勢いで前に進む。すみれの横を末広さんがすり抜けて、じゃあね、と言うように手をひらひらさせた。もう、こういうのやめてください、と言おうとしたけれど、末広さんはにやにやしたまますたすたと帰っていってしまった。

ふん、と息を吐く。

池田さんと、正面から目が合った。

「無事、終わったのか？　今日、試食会だったんだろ？」

「終わりました」

すみれは、自分の足で前に進み、池田さんとの距離を詰めた。近くでよく見ると、池田さんは体中に汗をかいていて、ほこほこと熱気を発している。どうやら、つい今しがたまで走っていたようだ。「トレーニングの途中でたまたま店の前を通りがかった」のか、「トレーニングの途中でたまたま店の前を通りがかったという体でここまでやってきた」のか、どちらかはわからない。

「それで、どうだった？　味が違う、とか言われたか？」

「その、言われなかったです」

「ほらな。俺が言った通りだろ。みんな、うまけりゃ文句言わねえんだよ」

実は、今日の試食会で提供したラーメンは、『味好』のラーメンではなかった。

吉村さんがまとめてくれたマスターのレシピを紐解くと、池田さんと作ったすみれの試作品は偶然近い味にはなっていたものの、材料の使い方や工程に大きく違うところが少なからずあることがわかった。実際に、マスターのレシピに従って作ったものとすみれのものを食べ比べてみると、似て非なるもの、という感じがした。人間の味の記憶というものはあてにならないものだ。もちろん、すみれが試作を繰り返してきた目的は『味好』のラーメンを再現することだったのだから、マスターが残したレシピが見つかった以上、それに忠実なラーメンを作ればいい。迷う必要もない、わかり切った答え。

でも――。

――で、すみれは、どっちのラーメンを出すんだ？

試作品との食べ比べをした日、池田さんはぼそっとそんなことを言った。「どっちのラーメン」とはつまり、マスターのレシピ通りのラーメンか、それとも、最後にようやく辿り着いた試作品か、ということだ。すみれは、そりゃマスターのやつですよもちろん、とは言えなかった。

すみれのレシピで作ったラーメンは、それはそれでちゃんとおいしかった。正直な気持ち、苦労して作り上げたラーメンなのだし、誰かに食べてもらいたい。まだ世界中のどこにもない、すみれのオンリーワンの味。おいしいと言ってもらえたら、どんなに嬉しいだろう。お蔵入りにするのは悲しい。

すみれが躊躇していると、池田さんは、試作品の方を出せよ、と言った。でも、だって、と迷うすみれの気持ちを揺さぶったのは、とても単純な一言だ。

うまけりゃいい。

池田さんの言葉に後押しされて、すみれは自分のラーメンで試食会に臨むことを決めた。味好会のみなさんには事前にそうすることを伝えて、試食もしてもらった。大反対されるかと思ったけれど、意外にも誰一人反対はしなかった。みんな、すみれの好きにしていいよ、と言ってくれたのだ。

「よかったんでしょうか」

「どう思う？」

「まだわからないです」

「まあ、どっちのラーメン出したってな、女が作るラーメンはだめだとか、前より味が落ちたとか、適当なことを言うやつがいるんだ。だったら、これは自分の味だ！　って言える方が開き直れるだろ？」

「池田さんだからですよ、そんなたくましいこと言えるの」

「でも、実際、よかったじゃねえか。うまいって言ってもらえたんだから」

すみれはぐっと言葉を詰まらせた。脳裏には、今日一日いろんな人からもらった「おいしかった」が、ダイジェスト映像のように浮かび上がってくる。『味好』の味を再現したものという先入観を持っていた人が多かったせいもあるだろうけれど、それでも、すみれのレシピで作ったラーメンを、まずい、と言った人はいなかった。

「よかった、ですけど」

「この店は、前の店主が作り上げたもんだ。けどな、たとえそれを引き継ぐんだとしても、これからはすみれの店なんだ。すみれの人生は、誰かのコピーでもねえし、他人の人生の延長でもねえ。もちろん、全責任を自分が背負うってことでもある。味を落とさねえように精進することも、従業員の生活を守ってやることも、すみれの責任になる」

「そうですよね。まだ自信があるとは言いがたいんですけど」

「まあ、そう言わずに頑張れよ。あのラーメンは、間違いなくうまいからな」

そろそろ行くか、などと言いつつ、池田さんがうんと伸びをした。

「池田さんは、これからどうするんですか？『ふじ屋』さんには戻らないんですか？」

「そりゃ、勝手に飛び出したからな。今さらもう戻れねえさ。でも、それでいいんだ。俺も、自分の店を出す用意をしてる。すみれに負けていられねえからな」

「負けてるなんて、そんな」

「夏前にはオープンする予定だから、気が向いたときにでも食いに来てくれよ」

話がまとめの段階に入っていく。すみれが、そうですね、じゃあそのときはぜひ、と言ったら終了だ。池田さんは自分の進むべき方向に走り出し、すみれもまた、新しい道を歩き始める。道は分かれて、このまま会うこともなくなってしまうかもしれない。


なんか、それはいやかな。


「池田さん、わたし、まだ池田さんに教えてもらいたいことがあるんですよ」

「教える？　もう、独り立ちしたすみれに教えることなんてなんもねえよ」

「どうしても、お店でやりたいことがあるんですよね」

「やりたいこと？」

あれですよ、あれ、と、すみれは右手を動かして、見えない麺を空中でぽんぽんと半回転させる。

「平網上げ？」

「そうです。最後の試作の時、池田さんが平網で麺を上げてくれたじゃないですか。やっぱり、あれが一番おいしかったんですよ。ずっと忘れられなくて、今の麺茹で機を茹で釜に入れ替えようかと思ってるんですよね」

「かなり面倒になるぞ？　行列店なんだから」

池田さんが言うように、平網で麺上げをするとなると、お店に入ってくる人の数を見ながら一度に何人前の麺を茹でるかを計算する「ロットコントロール」が必要になるし、お客さん側から見れば、テボ茹でより待ち時間が延びることになる。麺の量や固さの調整もしにくくなるので、これまでのように、麺の固さのお好みを聞くことはできなくなるかもしれない。それでも。

「でもわたし、挑戦したいんです。お客さんには迷惑をかけてしまうかもしれないし、こんなの自己満足なのかもしれないですけど」

「いいのか？」

「やっぱり、平網で上げたあの麺で食べてもらいたいんですよ。結局、おいしいものを出すのが、お客さんには一番のサービスになりますよね？」

池田さんはにやりと笑うと、まあ、それはそうだな、と、何度かうなずいた。

「だから、わたしに平網の使い方を教えてください」

「オープン日までに間に合わせるなら、ガチで特訓しないとダメだな」

「はい。だから、今からお願いします」

「今？　今からって、もう片づけた後だろ？」

「大丈夫です。麺の余りも少しありますし」

池田さんは、「この後の予定が」とか「俺は独立の準備が」とか、ごにょごにょ言い出したけれど、すみれはすべて聞き流した。そんなに忙しい人が、自宅から二時間もかけてここまで走ってくるわけがないのだ。

もう、面倒くさいなあ。

すみれは、放っておくと「やっぱり帰る」などと言いだしそうな池田さんの手首を摑み、店の方へと引っ張る。池田さんは、ったくしょうがねえな、という感じで、少し後ろ体重になりながら、すみれに引っ張られて歩き出した。もう、重いから自分の足で歩いてよ、と、内心悪態をつく。

「なあ、俺の麺上げトレーニングは厳しいぞ？　覚悟できてんのか？」

「知ってます。覚悟？　してますよ。してますしてます」

池田さんの手首を摑んでいたすみれの手が、するりと滑って、池田さんの手の中に納まった。ぎゅっと握ると、池田さんの手が応えるように、ぎゅっと握り返してくる。

痛いんだよなあ。

女子の手！　と、また心の中で舌打ちをする。文句は止まらない。それでも、すみれの心は平網の上の麺のように、ぽんぽんと軽やかに弾んでいた。重力なんてないみたいに。

# ブルーバード・オン・ザ・ラン（4）

日野とランチをした後、いよいよディナータイムにさしかかり、実里のアルバイトは後半戦が始まった。幸先《さいさき》よく飛び込んできた配達を一件こなし、完了するなり急いで注文が入りそうな飲食店の近くに移動して待機。この調子で行けば、今日はもう少し稼ぎを伸ばせそうだった。日が落ちて少し気温が下がり、日中よりも自転車で走るのが楽になれば、よりハイペースで配達をこなせる。

と、思っていたのに。

休憩終了後、三件目の配達を終えた後で、実里はブルバアプリで配達依頼の受付を停止した。腹の底から重たい息を吐き出し、暗くなってきた空を見上げる。汗ばんで熱っぽい体が、やたら空虚に感じた。稼ぎどきの時間帯なのに働く気がすっかりなくなって、実里は車通りの多い幹線道路沿いを、自転車を押しながらとぼとぼ歩いていた。

直前の依頼は、お寿司《すし》の配達だった。十五人前という結構な量の注文で、店から受け取ったのは、四角いプラスチック容器三段積みという大荷物だ。配達先は寿司店から八百メートルほど離れたアパートの一室。頭の中でお店からの最短ルートを考えながら裏道をぐねぐね曲がっていくと、作戦通り、かなり配達時間を短縮することができた。近辺にはいくつかチェーン店があるので、うまくいけばタイムロスなしで一件こなせるかもしれない、などと次の展開を考えながら依頼者に大きなビニール袋を手渡したのだが。

——これ、どういうことですか！

玄関から出ていこうとした実里に浴びせられたのは、鋭い怒声だった。怒って唇を震わせている依頼者の手には、たった今配達したばかりのお寿司。あ、やば、と、実里は思わず体を強張らせた。ビニール袋から取り出されたプラ容器の中は結構な大惨事で、半分近くの握り寿司が倒れ、かなり端っこに寄ってしまっている。一部は完全にひっくり返り、シャリとネタがはがれて転がっていた。配達による商品の汚損だ。

実里にとっては初めての失態だったが、ブルバ配達員の間で「寿司は鬼門」と言われているのは前々から知っていた。お店の人が隙間なくきっちり詰めてくれないと、握り寿司は配達中の振動で特に倒れやすい。ブルバ対応に慣れている大手の回転寿司チェーンでは対策がきっちり取られていることが多いのだけれど、今回はローカルチェーンの寿司店からの配達だったので、詰め方が緩かったのだろう。

商品が配達で汚損してしまった場合は、ＢＤＳサポートセンターに連絡して返金か再注文の対応をしてもらうことになる。返金になった場合は、商品代金の一部を配達員の報酬から支払わなければならない。十五人前のお寿司だと今日一日の稼ぎは全部飛び、むしろ赤字になってしまうかもしれない。実里は内心泣きそうになりながらセンターに連絡しようとしたのだけれど、依頼者の女性は「そういう問題ではない」と一蹴した。今日はお子さんの誕生日で、集まった友達とこれからお寿司でお祝いをするつもりだったようだ。ところが、会が一番盛り上がっているところに届いたお寿司がこのありさまで、主役のお子さんは落胆のあまりしゅんとしてしまい、わいわいしていた友達も白けてしまった。お誕生日会を台無しにされた子供の心が、返金で取り返せるのか、と言われてしまったのだ。

　結局、商品の受け取りをしてもらえたので返金はせずにすんだものの、平謝りしても最後まで許してはもらえなかった。もう二度とブルバなんか頼まないから、という辛辣な言葉を喰《く》らって呆然として外に出ると、なんとも言えない嫌な気持ちがお腹の奥に引っかかって吐きそうになった。さっきまでは、稼ぐためには効率重視だ、なんて調子に乗っていたのに、気を取り直してすぐに次、という気分には到底なれない。依頼者は受け取った後にアプリで配達員の評価を入力するので、きっと低評価がついてしまうだろう。でも、そんなこと以上に、自分のやったことの意味を考えてしまう。

きっと、お誕生日の子はきれいに並んだおいしそうなお寿司が来るのを待ち望んでいて、集まった友達みんなが、わあ、と大喜びするのを楽しみにしていたのだろう。でも、実際に届いたのは、倒れたりひっくり返ったりして、ごちそうにはとても見えない無残なお寿司だ。別に味は変わらないからさ、なんていう言葉は通用しない。

——やっぱりな、お客さんにはできる限り最高の状態で食べてほしいだろ？

午前中に配達した『麺いけだ』の店主さんの一言が、今さら思い起こされた。丁寧に、安全に、迅速に。実里は配達の数をこなすことばかり考えて、丁寧に、という言葉を完全に忘れていた。あのお寿司も、揺らさないように細心の注意を払って運んでいたら、あそこまで倒れたり偏ったりすることはなかったかもしれない。一、二分の遠回りで、荷物を揺らさずに済む平坦《へいたん》なルートを選択することもできたのに。

後悔したところで、時間は元に戻せない。人の怒りをノーガードで受け続けたショックで、まだ動悸《どうき》が収まらなかった。今日はいったん家に帰って、気持ちを整理しよう。初めての失敗に意気消沈した実里が帰宅すべく自転車にまたがると、ロードサイドで強烈な存在感を放つ真っ赤な看板が目に飛び込んできた。どうやら昔からあるラーメン屋さんのようだ。人気店なのか、外待ちの行列ができている。

道路に面した側は全面ガラス張りになっていて、外が暗くなると照明でお店の中の様子がよく見えた。五人ほどの店員さんがきびきびと動いていて、店内もお客さんでにぎわっている。店員さんは意外にも全員女性だ。中でも、一番若そうな女の人が弾けそうなくらいの笑顔で接客しているのが気になった。

食べ物屋さんを覗いていると、疲労感の向こうからひたひたと空腹感がやってきた。いつもなら、ちょっとでも待つ必要があるならスルーしてコンビニに行こう、と考えるところだけれど、今日はなぜか、行列に並んでみようという気になった。昼間のとんかつ屋さんといい、人が行列を作るお店がどんなものを出しているのか興味が湧いたし、今はどうにかしてどんよりした気分を変えたかった。

「いらっしゃいませ！」

十五分ほど待ってお店に入ると、明るい声が実里を出迎えた。汗臭くないかな、と汗を吸い込んだ上着のにおいを少し気にしながら、店員さんの案内に従ってカウンター席に座る。あまり外食をしないので、こういうところでなにを選ぶべきかがよくわからず、カウンター席の頭上に掲げられたメニューの先頭にあった「らーめん」を頼んだ。年長の女性が、オーダーいただきました！　と声を張る。胸にはイラスト入りの名札がついていて、すえひろ、と、ひらがなで名前が書いてあった。

驚いたのは、外から見た一番若そうな女の人の名札に「店主」という文字が入っていたことだ。「すみれ」という名前の女性店主さんは、湯気がもうもうと立つ釜の前に立って、両手に摑んだ四人分くらいの麺をぱらぱらと投げ入れた。数分経ってタイマーが鳴り出すと、麺上がります！　と周囲に声をかけ、木の柄がついた平たい網を釜の中に突っ込み、器用に動かして麺をすくい上げる。網の上で麺をぽんぽん弾ませて、最後にくるっと一回転させてから、すでに用意されていたどんぶりの中のスープへ。そういえば『麺いけだ』でも同じことをしていたな、と思い出す。

実里もたまに外食をすることはあるけれど、料理が作られている過程に目が行ったのは初めてのことかもしれない。いくつも並んだ大きな鍋からは湯気が噴き上がり、カウンターの内側は炎天下の屋外にも負けない暑さに違いない。タオルを首に巻いた店主の女性は、暑さで顔を真っ赤にしながらも、楽しそうに麺を躍らせている。店主さんを含めた五人のスタッフが厨房内でチームワークを発揮し、次々と注文をさばいていく様子を見て、実里は高校時代のバスケの試合を思い出した。店主さんは調理だけではなく、お客さんにどんぶりを差し出したり、声掛けしたり、お店がスムーズに回るように注意を払っているように見えた。さながら、司令塔《ポイントガード》のポジション。現役時代の実里と同じだ。

店内のお客さんはやはり男性が多いけれど、テーブル席には子供連れもいるし、実里と同じ女性の一人客もいる。額に汗しながら夢中で麺をすする人、友人同士談笑しながらゆっくり食事を楽しむ人。にこやかにお客さんと会話を交わす店員さん。いらっしゃいませ、ありがとうございました、という声。お店の中は、一つの世界だった。店員さんとお客さんがまるで歯車のように噛み合って連動し、世界を動かしている。でも、実里だけはその世界に溶け込めず、ぽつんと取り残されている気がした。それもそうだろう。今ここにいる人は全員、このお店のラーメンが好きな人で、別に店のラーメンもカップラーメンも大して変わらない、と思っているのは、実里だけなのだ。

「お待たせしました、らーめんです」

ぼんやりしている実里の前のカウンターにどんぶりを置いたのは、例の店主さんだ。熱いので気をつけてくださいね、という言葉とは裏腹に、どんぶりには罠《わな》かと思うほどきわっきわまでスープが注がれている。実里は、どんぶりの下の受け皿を持って手元にそろそろと下ろしたが、案の定、少しスープをこぼしてしまった。

このラーメンは、どれほどおいしいのだろう。期待と不安を胸に割り箸を割り、左手にレンゲを持った。スープを一口。あまりの熱さに口の中を火傷しそうになって、慌てて水を飲む。仕切り直しでスープをまた一口。そして、麺を口に入れる。

ああ、そっか。そういうことか。

ラーメンの味は、実里にはやっぱりよくわからない。どういうものがおいしくて、どういうものがまずいのか、という基準が自分の中にないからだろう。スープが熱い、麺がもちもちしている、という以上の感想は出てこなかった。でも、なぜか無性に二口めが食べたくなって、手と口を動かし続けた。

これは、おいしい、ってことなのだろうか。

料理の味の違いや、食事に時間をかける意味は理解できないけれど、それでも、食べたい、と思えたのは、たぶん料理が作られていくところを見ていたからかな、と実里は思った。この一杯のラーメンを出すために、あの店主さんはどれほどの時間と労力をかけたのだろう。スープを作るだけでも何時間もかかるだろうし、そこから店に立って調理や接客をするのだから、一日の大半をラーメンに費やしているに違いない。言うなれば、この一杯は店主さんの人生の欠片《かけら》だ。

実里が崩してしまったお寿司も、出来上がるまでにはたくさんの人の人生が費やされている。食材を仕込む時間、調理する時間。職人さんがお寿司を握れるようになるまでに修業した年月。魚を獲る人、お米を作る人。運ぶ人、売る人。コンビニのお弁当やレトルト食品だって、誰かが頭を絞って商品開発をしている。人が生きていくためだけに食事をするなら、そんな時間はすべて必要ないのだ。でも、多くの人が、限られた人生の内の結構な時間を「おいしい」のために消費している。

誰かに食べてほしい、そして喜んでほしい。そういう想《おも》いが詰まっているから、このラーメンはきっと実里でもおいしいと感じるのだろう。作り手の想いが強ければ強いほど、大きな「おいしい」が生まれて、その「おいしい」に惹《ひ》きつけられたお客さんが集まってくる。

料理すること、それを食べること。想いを込める作り手と、それを食べて受け取る人。言葉にならない人と人とのメッセージ交換。実里はただ「もの」を運んでいるだけだと思っていたけれど、それだけじゃなかった。フードデリバリーは、あの四角くて目立つバッグに人の想いを詰めて、それを届ける仕事でもあったのだ。

いろいろ考えながら麺を半分ほど食べたところで、実里の手がはたと止まった。小学生の頃、仕事に追われながら、母親はなにを考えて実里にごはんを作っていたのだろう、と思ったのだ。もしかしたら、実里になにか伝えたい想いがあって、わざわざごはんを作ってくれていたのかもしれない。だとしたら、「もうレトルトでいいよ」と言ったときに、どう感じただろうか。「ああ、そう」と言われただけだったけれど、取り返しのつかないことを言ってしまったような気がしてきて、胸がぎゅっと詰まった。

「……お母さん」

気がつくと、実里は下を向いて泣いていた。大きめの涙の粒が、ラーメンのスープにこぼれて小さな波をたてる。隣にいるお客さんが、ぎょっとした顔をして少し腰を引いたのはわかった。こんなところで泣くなんて恥ずかしい、と、必死に涙を引っ込めようとしたのだけれど、どうしても無理だった。力を入れて締めた喉から、うっ、と声が漏れて、慌てて口をふさぐ。でも、体の中で膨れ上がった感情が外に出て行こうとしているのか、口を押さえると、目からぼろぼろ涙が落ちる。

ラーメンは半分以上残っているけれど、もう店の外に出ようか。実里が顔を上げると、店主さんが目の前に立っていた。そして、手に持っていた小皿を、ことん、と実里の前のカウンターに置く。小皿に載っていたのは、白身に色がついた味付け玉子だ。

「よかったら、どうぞ」

「え、いや、その」

「うちの味玉、元気が出るので」

そんな、いいです、と言おうとしたのに、声が出ない。店主さんはタオルで汗を拭いながら実里に向かってはにかんだような笑顔を見せ、自分の仕事に戻っていった。置かれた味玉をどうすればいいか少し悩んだけれど、ありがたく受け取って、食べかけのラーメンの上に載せた。ひとかじりすると、中までしっかりと味が入っていることに驚いた。固茹でなのに黄身はしっとり、ねっとりとしていて、初めて食べる味だ。

これ、おいしいな。

実里は、自分の口からこぼれた言葉に、少し驚いた。

# ハッピバースデー・トゥー・ユー

# 1

「ええと、なに言ってんの、アンタ」

「あー、ないか、二百万」

「二百万なんて大金、なんに使うわけ？」

「いや、ちょっと、思いのほか金が必要でさ」

自宅のダイニングテーブルで少し遅い朝食をとっていた刈部《かりべ》家の家族全員が、もさもさとパンを食べながら、おもむろに「誰か金貸してくれない？」などと言い出した長男・照星《しょうせい》に目を向けた。照星が突飛なことを言い出すのは今に始まったことではないが、さすがに二百万もの大金をいきなり貸せというのはただ事ではない。なにかまずいことに手を出したのでは、と、平和な休日のダイニングルームに緊張が走る。

刈部家は、一家で『パン工房ぱんややん』というパン屋を営んでいる。そのなにやら浮かれた店名は、二十年と少し前、幼児だった照星が「パン屋さん」と言うべきところを、舌が足りずに「ぱんややん」と言ったところからつけられた。創業者は、現店主である父の刈部初人《ういと》五十九歳。父は新婚旅行で訪れたパリで食べた早朝の焼きたてバゲットのあまりのうまさに感動し、独学でパンを学んで店まで開いてしまったというなかなかの冒険野郎である。母・理恵《りえ》は、パン屋をやりたいという父に対し、素人がパン屋開業などアホか、と大反対したのだが、父の「まあまあいいじゃないか」「人生一度きりだし」といううぬるぬるした熱意に押し切られ、今では惣菜パンの詰め物《フィリング》やサンドイッチの具材などの調理を担当し、外面の良さを活《い》かして客前にも立っている。

薄笑いを浮かべながら、照星に「こいつヤバ」という視線を送っている姉の真唯子《まいこ》は、二十七歳で照星よりも三つ年上。パン作りや販売にはまるで興味がないらしく、仕方なく経理と広報の仕事を与えられている。経理と言っても帳簿の管理はほぼ税理士さんに丸投げだし、広報と言っても登録者数が千人台の宣伝にもお金にもならない動画チャンネルを運営しているだけだ。

そして、長男・照星である。父から『ぱんややん』の後継ぎとして期待をかけられた刈部家の星は、小さい頃からパンの英才教育を受け、その期待を裏切ることなく無類のパン好きに成長した。高校卒業後は専門学校で二年間みっちりと製パンを学び、他店で二年ほど修業した後に『ぱんややん』の製造部に入って父の指導を受けている。今はパン製造技能士一級の取得に向けて勉強中だ。

「金が必要って、この間車買ったばかりじゃないか」

「あー、車か。そっか、車売るか。中古車だし、大した金になんないけど」

いまいち掴みどころのない照星の話に、父が苛立《いらだ》って指先で机をトントン叩く。店が定休の日曜日は、父と照星だけ早朝に起きて翌営業日分の仕込みをし、二度寝をして、昼前に起きて家族全員そろって遅い朝食、というのが刈部家のルーティーンだ。食卓には、パン屋の特権と言おうか、背負いし十字架と言おうか、冷凍しておいた売れ残りのパンが小山のように積まれ、食べ放題状態になっている。この週に一度の家族団欒《だんらん》の時間を父はなぜかことのほか大事にしているようで、そこで金の無心などという生臭いことを息子に言い出されたのが癇《かん》に障ったようだ。

「そんなことより、なにをしようとしてるんだ照星は」

「店だよ、店。俺の店を開く」

「俺の店ってお前、ウチの店を継ぐんじゃないのか」

「そのつもりだったんだけど、ちょっと気持ちが変わった」

「変わったって、じゃあウチはどうする気だ、従業員もいるのに」

「おとうはまだもうちょいやれるっしょ。んで、店は真唯子が継げばいい」

なんで私が、と、真唯子が低い声を出す。

「無理無理無理。絶対無理。パン屋無理。早起き無理。ぼちぼち婚活で忙しくなるし」

「え、結婚する気あんの？」

「当たり前。たとえ日本の生涯未婚率が五十パーの大台に乗ったとて、アタシは絶対リッチなイケメンと結婚してここ出ていくから。よろしく」

「もしだめだった場合のことも考えておいたほういいって」

「あんたね、こういう時だけ正論かますのやめてくれない？　マジで殺すよ？」

窯に入れて焼くかんね？　などと物騒なことを言う真唯子の横で、父が、俺は来年で定年の歳なのになあ、とため息をつく。

「まあ、自分の力で、一国一城の主《あるじ》になりたいって気持ちもわからんでもない。でもな、独立資金が貯まるまでに、いろいろ考えてみたらどうだ」

「考える？」

「そうだ。じっくり考えたほうがいいだろ？」

「いや、もう店舗物件の契約もしてるし、三ヵ月後にオープンするから時間ない」

はあ？　という家族三人の声が揃った。当の本人はカレーパンをひとかじりしてもこもこと口を動かしながら、「やっぱこれすき」などとのんきなことを言っている。真唯子が、食ってる場合じゃないんだよ、と照星の後頭部をひっぱたいた。

「あんたさ、自分でなに言ってるかわかってる？　正気？」

「え、まあ、そのつもりだけど」

「いや、わりと狂気を感じてんだけど、こっちは」

「マジ？　だったらごめん」

「ねえ、もしかしてさ、例のあの件？　だったらちゃんと話しなよ、パパママにもさ」

照星は食べていたパンを手元の皿に一旦置くと、手を組んでテーブルに肘をつき、はあ、と深いため息をついた。ため息をつきたいのはこっちなのだが、という両親の視線をものともせず、たっぷり時間を取る。

「まあ、そうだな」

ちょっと前のことなんだけどさ、という言葉から、照星の話が始まった。

## 2

午前三時。パン屋の朝は早い。

照星はまだ暗いうちに父と自宅を出て、車で十五分ほど離れた団地にある店舗に向かう。入念な消毒と着替えをして工房に入ると、父は前日に準備しておいたパン生地を使って食パンなどの「朝に売るパン」の成形を始める。照星は生地の仕込みが担当だ。

食パンの製造方法はいろいろあるが、『ぱんややん』の食パンは、すべての材料を一度に混ぜ合わせる「ストレート法」ではなく、前日に一部の材料を先に混ぜ合わせ、冷蔵庫でゆっくり一晩かけて発酵させた中種《なかだね》でパンを作る「オーバーナイト中種法」が採用されている。照星がまず作るのは、この中種である。

親子で黙々と作業をしていると、五時過ぎに母と早番の従業員がやってくる。製造担当は、照星たちと一緒にパン作り。販売担当は店内の清掃と開店の準備にかかる。工房に人数が集まっても作業中は驚くほど静かで、みなほぼ無言だ。パン捏《こ》ね台で生地をパンチする音、スパイラルミキサーの作動音、オーブンのアラーム。そういう淡々とした音が、朝の工房の中に響き合う。

七時の開店間際になると、今度は販売担当がくるくると走り回る。続々と焼き上がってきたパンを陳列したり、パッケージングしたりという作業に追われるのだ。お客さんを迎える準備が整うのは、毎日、店を開けるほんの数分前。入口ドアの遮光カーテンを開けると、店外に溢れ出す香ばしい小麦の香りに誘われた早起きの団地住民たちが次々とやってきて、店内はあっという間に人でいっぱいになる。

開店後も、しばらく照星の仕事は終わらない。午前九時頃から遅番の従業員も合流して、ランチタイムに向けて総動員、急ピッチで調理をする。店内にはパンごとの焼き上がり予定時間を貼り出してあるので、焼きたての時間帯を狙ってくるお客さんも多い。団地には近くの小学校に通う子供たちも多く、お昼前後は子供の帰宅後のおやつ用パンが飛ぶように売れる。一番人気のカレーパンは、朝から夕方までずっと揚げっぱなしだ。

午後にラインナップする惣菜パンまで作り終わると、ようやく昼休憩。そこからは、店頭の売れ行きなどを見て追加でパンを焼いたり、翌日の仕込みをしたりする。午後三時を回ったところで照星は定時だが、最近は残業して、新作パンの開発を行っていた。

新作パンの開発は、なかなか大変だ。生地をどう作り、どう成形するか。酵母や小麦粉の選択一つで、パンはいかようにも表情を変える。具材の選定と、焼き上がりのデザイン。商品名や原価も考えなければならない。日本にはすでに一万軒以上のパン屋があって、その他にも製パンメーカーやコンビニもオリジナルのパンを開発している。自分だけのオリジナルを作り上げるのは容易なことではない。照星も今までに二十種類は試作品を作っているのだが、ほぼすべてボツにされてきた。

例えば、牛の内臓のトマト煮込みをパンで挟んだイタリアのトリッパサンドを参考に、豚モツの味噌炒めを丸パンで包んで焼いた「内臓内蔵パン」は、モツが嚙み切れなくて気持ち悪い、と父から低評価。近年流行のSNS映え抜群なボリュームサンドを焼きそばパンで作った「顎関節破壊パン」は、パンと焼きそばのバランスが壊滅的に悪い、とあっさりボツ。それから、ネーミングセンスはなんとかならないのか、と怒られた。

もちろん、こういうトリッキーな惣菜パンばかりを作っているわけではない。ここ最近、照星がずっと取り組んできたのは、天然酵母パンの開発だ。照星は、工房の片隅で細々と地味に天然酵母の培養をしている。リンゴやレーズン、酒種など、発酵の元になる素材をそれぞれ煮沸消毒した瓶に入れて水を注ぎ、そのまま二十七度前後の温度で一週間ほど置くと、果実や穀物に含まれる糖分を餌に酵母が増え、自家製酵母液が出来上がる。酵母液を小麦粉と混ぜて「元種」を作り、この元種を材料に混ぜ込んでパンを作るのだ。

「どう？」

「これは、なかなかいいんじゃないか」

焼き上げたばかりのパンをつまんだ父が、にやりと笑う。酒種酵母を使った白パン。柔らかくふわふわ食感で、真ん中にくびれのある丸形。ちぎってみると、かすかに日本酒のような香りが漂う。酒種とはつまり、米と麹《こうじ》だ。麦と米という一見真逆の素材が合わさって一つのパンになるのは新しい生命体の誕生のような気がして、「細胞分裂パン」と名付けたが、商品名はまたも却下された。

「商品名はともかく、味はお客さんに試してもらうといい」

「わかった」

新商品を作ったときは、お客さんに試食をしてもらって感想を集めることになる。意見をもらって改良の参考にすることもあるし、好評ならば晴れて店頭に並ぶ。今回、天然酵母パン以外にもいくつか商品化候補の惣菜パンを用意した。どれも照星の自信作だ。

「評判上々だといいけどな」

「圧倒的高評価に決まってるだろ、俺が焼いたんだから」

# 3

照星が店の外に小さなテーブルを出し、試食用の新作パンを並べると、あっという間に人だかりができた。試作品のパンは見本を一つ残し、他は一口サイズに切ってバスケットに盛って無料で配る。店の常連ばかりだと評価が甘くなるので、店前を歩いていた人にも声をかけた。夕方の時間帯ということもあって、「無料」という言葉に誘われた子供たちも駆け寄ってきて、さらに子供たちに引っ張られたママ友の一団も集まった。かなり参考になる意見もあって、収穫はそこそこあった。試食を終えて去っていく母子たちに手を振ると、いつの間にかもう日が落ちる一歩手前の時間帯になっていた。団地内の公園で遊んでいた子供たちの姿もぽつぽつと消え、人通りも減っていく。まだパンは少し残っていたけれど、もうぼちぼち時間かな、と、片づけかけたときだった。物欲しそうな顔で佇《たたず》む小さな女の子の姿が照星の視界に入った。二、三歳くらいだろうか。白いワンピースに、前髪を切りそろえたボブヘア。黒目がちで、きょとんとした表情がかわいらしい。持っているバッグには「はやみなのは」という名前が書かれていた。パンが食べたいのか、人差し指を咥えて、じっと照星を見ている。

「食べる？」

照星の言葉に女の子が反応して、ぺたぺたと近づいてきた。周囲を見回すと、少し離れたところに母親らしきスーツ姿の女性がいる。立ち止まって誰かと電話で話し込んでいて、暇を持て余した子供が『ぱんややん』の前まで来てしまったようだ。

「いいの？」

蚊が泣くような声で、女の子がそう言う。

「いいよ。これはお金いらないやつ」

「ほんと？」

「どれがいい？」

「しろいふわふわのおしり」

お目が高い、と、照星は笑って酒種酵母の白パンをつまみ上げた。小さな紙にひとかけ包んで手渡すと、女の子の顔がぱっと明るくなった。このパンはおしりじゃなくて細胞が分裂するときの形で――、などと蘊蓄を垂れていると、急に辺りの空気を切り裂くような声が響き渡って、照星も驚いて叫ぶところだった。

「なのは！　だめっ！」

見ると、女の子の母親と思しきスーツの女性が猛烈な勢いで走ってくるのが見えた。その血相が尋常ではなく、今まさにパンをかじろうとしていた少女も、口を開けたまま固まるほどだ。女性はとてもヒール履きとは思えないスピードで駆け寄ってくると、女の子の手を引っ掴み、パンをもぎ取ってそのまま地面に叩き落とした。一瞬びっくりしたような表情を見せた女の子は、母親の剣幕に驚いたのか、すぐに火がついたように泣き出した。照星の自信作は地べたに叩きつけられ、無残にも砂まみれになっていた。

「いや、あの」

照星が戸惑いをどう消化していいかわからないまま声をかけると、女性は女の子の手をウェットティッシュでごしごしこすりながら、きっ、と音がするくらいのきつい目つきで照星をにらみつけた。思わず、俺は別にお子さんを誘拐するつもりはなかったんですけどね、と弁解したくなるほど敵意のこもったまなざしだ。

「あれ、ええと、俺、なんか悪いことしました？」

「こんなもの、うちの子に食べさせないでください！」

## 4

こんなものかあ。こんなものねえ。こんなもの。

照星がリビングのソファにうつぶせで顔をうずめ、こんなもの、とぶつぶつつぶやきながらもぞもぞ身をよじっていると、ひぃ、という悲鳴が聞こえた。真唯子の声だ。

「ねえちょっと、なにしてんの。なにそのキモい虫みたいな動き」

「別に」

「うわキモ。マジでキモいから起きてよ」

髪を引っ摑まれ、まるでプロレスラーの如《ごと》き手法で頭だけ引き起こされた照星は、目をひん剝かれたまま深いため息をついた。真唯子が、また「キモい」を連呼して、覇気のない照星の頰をぺたぺた叩くが、照星の魂は体からうっすら抜けて、なかなか戻ってこない。

「なに半分召されてんの。死ぬの？」

「いや、だってさ」

照星は、先ほどの出来事を真唯子に話した。女の子に試食用のパンをあげたら、その母親らしき女性にパンを叩き落とされ、「こんなもの」呼ばわりをされたこと。足早に立ち去る母娘《おやこ》の背中を呆然と見送った照星はショックも癒えぬままに退勤し、抜け殻のようになって帰宅。真唯子に発見されるまで、ソファに突っ伏して、あうあー、と変な声を漏らし続けていた。

「あんたがキモかったからじゃないの？」

「俺が触ったパンなんてキモくて食えない、っていうレベルでキモいのかね？」

「まあ、仮にそのレベルだったら、食品製造者として終わってる」

「俺のパンだよ？　若き天才パン職人の俺が、わりとガチめに焼いたパン。それをさ、食いもしないで、そんなもの、って。なくね？　ひどくね？」

「子供を持つ親なんて、我が子を守ろうとピリピリしてんだから、うかつに近づいたあんたが悪いんだよ。相手がヒグマだったら、確実にワンパンで殺《ヤ》られてるね」

　そういう理由かなあ、と、照星がまた唸り声を上げた。

「子供に近づくな、ってより、子供にパン食わせんな、って感じだったんだよね」

「毒でも入ってると思ったんじゃないの」

「毒なんか入れるわけないじゃんさあ。俺になんの得があるんだよ、それ」

「毒っつったって、毒物とは限らないから。例えば、アレルギー持ちの子だったりさ」

　アレルギー？　とつぶやいてからぴたりと動きを止めた照星が急にばいんと跳ね起きたので、また真唯子が小さな悲鳴を上げた。

「そっか、小麦アレルギーって可能性あるな」

「あるよ。小麦のアレルギーは結構いる。特に子供」

「やっぱ、パンとかダメなわけだよな」

「パンなんてアレルゲンの塊じゃん？　小麦に卵、牛乳にバター」

「あんな、猛毒扱いするくらいひどいもん？」

「人によると思うけど。触っただけで蕁麻疹《じんましん》出ちゃう子もいるし。アナフィラキシーショックとか起こしたら、最悪死ぬこともあるし」

「アナフィラキシーショック？」

「アレルギー反応が強烈で、皮膚から内臓から、体のあっちゃこっちゃ全身に症状が出んのをアナフィラキシーって言うんだよ。さらに、血圧がダダ下がったり意識飛んだりして、命もヤバいことになるのがアナフィラキシーショック」

「詳しい」

「そりゃそうだよ」

「なんで？」

「私も小麦アレルギーだもん」

はあ？　と、照星が眉間にしわを寄せる。

「パン食ってるじゃん、アホほど」

「治ったんだって。ちっちゃい頃は結構大変だったかんね」

真唯子の小麦アレルギーのピークは三歳で、照星はまだ生まれたばかりのころだった。昔は両親が店に出ている間、真唯子と照星は近くに住んでいる父方の祖父母宅に預けられていたのだが、父や母が迎えに来るときまって真唯子のくしゃみが止まらなくなり、これはおかしいと病院で血液検査をした結果、小麦アレルギーと診断された。子供のうちは免疫機能が未熟なのでアレルギーを起こすことも珍しくはないが、さすがにパン屋の娘が小麦アレルギーというのはシャレにならなかったようだ。パン職人が一日働けば、どれだけ気をつけても体や服に小麦粉が付着する。小麦アレルギーは皮膚に触れたり吸い込んだりしても反応が出てしまうこともあるので、母は店に出るのをやめて一時的に専業主婦となり、父は実家に戻って家族と別居。せっかく開店したばかりの店をたたむ覚悟もしたらしい。幸い、真唯子のアレルギーは次第に症状が治まり、小学校に上がる頃にはほぼ出なくなった。今は普通にパンを食べることもできる。

「我慢して食ってりゃそのうち慣れるって聞くけど」

「そういう気合でなんとかしろ勢《ぜい》は、ほんとに滅びればいいと思う。無理に決まってんでしょ。下手したら死ぬっつってんのに。結構慎重にやらないと危ないんだから」

「そっか、そういうもんか」

「あんただって、他人事じゃないからね。パン職人なんて、いつ小麦アレルギーになってもおかしくないから」

そう言われると、『ぱんややん』にも、よくくしゃみをしたり、指先がぴりぴりする、などとぼやく職人がいる。要は、アレルギーの原因物質である小麦に毎日触れているせいで、小麦アレルギーを発症してしまうことがあるのだ。鈍いのかまだ若いからなのか、照星はまったくもって平気だが、中には、症状がひどくなりすぎて、パン職人の道を諦めざるを得なくなる人もいるらしい。

「でも、小麦が食えないってさ、結構いろいろ食えないよな」

「子供の好きなものは大概だめじゃない？」

照星は、ソファに身を預け、そうだよなあ、と天井を見上げた。とんかつ、ハンバーグ、カレーにラーメン、全部だめそうだ。

「なんかそれ、かわいそうだな」

「かわいそう、とかじゃないんだよ、こういうの。あんたが憐《あわ》れんで治るんなら、いくらでもかわいそうって思えばいいけど。そうじゃないでしょ。余計なお世話」

「言ってることはわかる。でもなあ」

「でもなによ」

「俺、やっぱ、パン食ってもらえねえの、辛《つれ》えわ」

## 5

午後七時、早見奈子《はやみなこ》はもうすぐ三歳になる娘の菜乃花《なのは》を連れて、ようやく自宅のある団地まで帰ってきた。勤め先では、育児短時間勤務、つまり時短勤務をさせてもらっているが、今日は定時で上がることができなくて、保育園までお迎えに行くのが遅くなってしまった。そのせいか、娘はずっと機嫌が悪そうで、話しかけてもあまり返事をしてくれない。

奈子は、いわゆるシングルマザーである。菜乃花の父親とは菜乃花が生まれる前に別れた。明確な原因はなく、あえて言うなら価値観の相違だろうか。別れてから妊娠が発覚して、両親や友人からは中絶を勧められたが、産むことを決めた。

想像していたことではあるけれど、「未婚の母」になると、急に周囲の風当たりが強くなる。奈子は出産後、東京都心に借りていたマンションを引き払い、一流企業と言われて羨ましがられた会社も退職して、まったく縁のない地方都市に移住した。今は、団地の一室で娘と二人暮らしだ。心無い人からは、都落ち、などと笑われたが、そういう人から離れられたわけだし、正しい選択をしたと思っている。

「菜乃花、スーパー寄っていくよ」

団地の入口にあるスーパーに入店し、買い物カゴを片手に客の入りがまばらな店内を見て回る。この時間になると、チラシに載るような特売品はもうほぼ残っていない。頭の中では、今日の夕食をどうしようかと食材がぐるぐる巡る。本当は、半額シールが貼られたお惣菜でも買って帰れたら経済的にも時間的にも負担は少ないのだけれど、そうもいかない。娘の菜乃花はアレルギー持ちで、小麦、卵、乳製品が食べられないのだ。

菜乃花が食物アレルギーであることが判明したきっかけは、菜乃花が一歳になったころ、離乳食にパンがゆを作って食べさせたことだった。離乳食を始めてからはずっと米のおかゆを食べさせていたのだが、他のものも食べさせてあげようと、ネットで見つけたレシピでパンがゆを作った。けれど、それが大事件を引き起こしてしまった。

パンがゆを一口食べた瞬間から、菜乃花の容貌は急激に変わっていった。唇が腫れ上がり、顔が浮腫《むく》んで目が開かなくなり、ぽつぽつと出た発疹があっという間に全身へと広がっていく。呼吸も苦しそうで、喉をひゅうひゅうと鳴らしながら肩で息をするような状態だ。慌てて病院に駆け込んで事なきを得たが、そこで初めて菜乃花にアレルギーがあることを知り、パンがゆ、つまり小麦でアナフィラキシーを起こしたのだとわかった。あせもなどで皮膚のバリアが低下したときにアレルゲンに触れると体内に入ってしまい、免疫が外敵とみなして抗体が作られることがあるそうだ。その後、アレルゲンを経口摂取すると免疫が反応して、蕁麻疹や呼吸困難、ひどいときはアナフィラキシーを起こしてしまう。

自分が食べさせたものが我が子を殺しかけたという事実は、トラウマとなって奈子の心に深い爪痕を残した。育児はすべて初めての経験で、アレルギーに対する知識も不十分だった。忙しさを理由に、検査も先延ばしにしてしまっていたのだ。ずいぶん自分を責めたし、母親としての自信も失った。

「今日はしょうが焼きにしよっかな。ご飯は炊くと遅くなるから、チンするやつで」

胸の中の澱《おり》のような罪悪感から目をそらして、わざとらしく明るい声で話しかけても、菜乃花はむっつりとしたまま返事をしてくれない。お会計を済ませて外に出て、団地の真ん中にある公園を突っ切って7号棟の我が家に向かう。

「ごはん、いらない」

「え？」

公園の真ん中で、菜乃花がぴたっと足を止めた。頰を膨らませ、口をへの字にしている。眉間にみっちりしわも寄っていて、だいぶご立腹の様子だ。

「たべたくない」

「お腹空いてないの？」

菜乃花が首を横に振る。

「じゃあ、どうして？」

「ちがうのがいい」

「ちがうの、って言っても、難しいんだよな。冷蔵庫になんかあるといいけど」

奈子がしゃがんで視線を合わせると、菜乃花が横を向いてすっと指をさした。菜乃花のぴんと伸ばした指の先には、団地内のベーカリーショップがあった。『ぱんやゃん』と描かれたポップな看板。朝、奈子の通勤時間に人だかりができているお店で、きっとおいしいのだろうが、菜乃花にパンを食べさせることはできない。先日も、危うく菜乃花があのお店で試食用に配られていた無料のパンを口にしてしまうところだった。

「パンか。でも、パンはだめ」

「なんで」

「菜乃花は、パン食べると具合悪くなっちゃうからだよ」

アレルギーが判明してから、菜乃花は病院で「食物経口負荷試験」を受けた。つまり、原因となる食物をどれくらい摂取するとアレルギーを起こすのかを確かめる試験だ。症状が出る分量を知り、そうならない程度にアレルゲンを含む食べ物を少しずつ食べさせることで耐性をつければ、しだいに食べられるようになっていくものらしい。けれど、その一回目の負荷試験で、菜乃花はまたアナフィラキシーを起こし、そのまま二日間入院したのだ。

小麦アレルギーの負荷試験は、ごく少量の茹でたうどんを食べて時間を置き、症状がなければ少しずつ量を増やしていって、アレルギーを起こす量を見極める。とはいえ、適正な量や時間間隔が確立されたものではないので医師の判断で調整することになるのだが、そのときの医師が設定した量では、菜乃花には負荷がかかり過ぎたようだ。病院に不信感を抱いた奈子は負荷試験を中止し、アレルギーであることが確実な小麦と、血液検査で陽性が出た卵と乳製品を菜乃花の食事から完全除去することに決めた。原因食物さえ遠ざければ、菜乃花が苦しむことはない。もう、全身に発疹を出しながらあえぐ娘の姿を見て、死んでしまうのではないかと震えるのはごめんだった。

「なのは、パンたべる！　ねぇ、なんで、ダメなの！」

「みんなたべてるもん！　なんで！　なのはだけ！」

　菜乃花は保育園に行くときに持たせているバッグを奈子に向かって投げつけると、顔を真っ赤にして泣きだした。それはもう団地中に泣き声が響き渡るんじゃないかというくらいの号泣ぶりで、奈子は頭の中が真っ白になってしまった。菜乃花がここまで感情剝き出しで泣き叫んだことなど今までに一度もない。どちらかというとおっとりしていて、イヤイヤ期もあまりなく、手のかからない子だったのに。

「それは――」

「だって、そんなこと言っても、どうしようもないじゃない」

　ネット上には、本当によく考えつくな、と思うほど、アレルギー持ちの子供向けのレシピがたくさん公開されている。多くは、アレルギーの子を持つ母親が考案した手作りのレシピだ。けれど、働きながらほぼ一人で子育てをしている奈子には、そんな愛情と時間をめいっぱいかけた食事を毎食用意してあげることはできなかった。結果として、同じような材料を使った無難なメニューをローテーションするだけになってしまう。

　アレルギーを怖がって原因食物を除去し続けるのはあまり得策ではない、というのが最近の考え方であるようだ。もっと丁寧に負荷試験も行って、少しずつでもアレルギーを克服できるようなごはんを作って食べさせてあげたいとは思う。保育園の給食も、アレルギーの子供には原因食物をすべて除いたものしか提供してもらえないし、症状が出ない程度に少量の原因食物を加えた食事は家でしか食べさせてあげられない。でも、再び激しいアレルギーを起こして入院したら、数日仕事を休まざるを得なくなる。今の仕事は時短勤務ができることを優先して選んだので、年収は以前の三分の一以下だ。休めばそれがさらに減る。娘にしてあげたいことは山ほどあるけれど、してあげられるだけの金銭的、時間的、精神的余裕が、奈子にはなかった。

――泣かないでよ、もう。

自分は、いい母親ではないんだろう。そう思うと、悔しくてたまらなくなった。菜乃花と同年代の子供が無邪気にパンをほおばっている姿を見て、菜乃花もああだったらどんなに楽だっただろう、などとつい考えてしまう自分が本当に嫌で、逃げ出したくて、消えてしまいたかった。菜乃花に泣かれると、そんな自分の性根を責められているような気がして、胸が苦しくなる。

「よし、パンを食おう！」

突然、人の声が聞こえて、奈子ははっとなった。少し離れた公園の入口に、見覚えのある男性が立っている。以前、菜乃花にパンを食べさせようとしたパン屋の人だ。奈子が菜乃花に駆け寄って抱き上げようとすると、男性は「待って」「大丈夫」と言いながら、まだ夜の外出にはコートが必要なくらいの気温の中、やおら服を脱ぎだした。なにが大丈夫なのかは皆目見当がつかず、走って逃げたいのに菜乃花が抱き上げられるのを嫌がってうまくいかない。

「ちょっと待ってて」

男性はそう言うと、下着一枚になって公園の水飲み場の蛇口をひねり、「つめてえ！」と騒ぎながら全身に水を浴び始めた。これは、とんでもないパワー系変質者に出くわしてしまったのではないかと菜乃花を抱えて固まっていると、全身ずぶぬれになった半裸の男性は、爽やかな笑顔で髪をかき上げながら、奈子に近づいてきた。

「来ないでください！　警察呼びますよ！」

「大丈夫。水で小麦粉は全部流したし、残ってても飛ばないと思うから」

「は？」

「俺、そこのパン屋の職人なんですけど、パン食べたい、って悲痛な叫びが聞こえたので出てきちゃったんですけどね。たぶん、アレルギー持ちでパン食べられないんですよね、その子。違います？」

「え、いや、そう……ですけど」

「この間、その子にパンを食べてもらおうと思ったら、お母さん、血相変えてぶっ飛んできましたもんね。覚えてます？　後々考えて、アレルギーかなんかあったのかもしれないし、俺、だいぶ悪いことしたんじゃね、って思ってたとこなんですよ」

パン職人だと自称する男性はつまり、以前の出来事から菜乃花が小麦アレルギーだと考えて、自分の体についた小麦粉を落とすためにわざわざ服を脱ぎ、水で髪や体を流してから近づいてきた、ということなのだろうか。まだ若々しい贅肉の少ない体をさすり、寒さでかたかた震えながら菜乃花に向かってにこりと笑顔を作った男性は、照星、と名乗った。

「その、構わないでください。関係ないことなので」

「それがね、俺、パン職人なもんで、子供がパン食いたい、って言って泣いてるのを見たら、食べさせてあげたいって思っちゃうんですよね」

「うちの子は、パンは食べられないので、いいんです。仕方ないんです」

「小麦を一切使わないパン、ならどう?」

「いや、あの」

照星という男性は半裸のまましゃがみ、突然の乱入者におびえて泣き止んだ菜乃花に声をかけた。

「……パン?」

「お兄さんはパンの天才だから、キミでも食える超絶うまいパンを作ることができる」

「そう。食べたくね?　食べたいっしょ。おいしいパン」

菜乃花が、どう答えるべきか、というような目で奈子を見上げた。でも、変な男の人が急に話しかけてきたことへの戸惑いの奥に、パンを食べられるの？　という期待が入り混じっているのが見て取れる。

「一週間後、またここに来て。それまでに、最高のパンを作っておくから」

「ほんと？」

「もちろんだ。約束する」

## 6

「って、言ってはみたんだけどさ」

「だけどさ、じゃねえよ。この無責任大王」

真唯子になじられて、はあ、と、照星は自宅のテーブルに突っ伏した。目の前には、ここ数日試作したパンが山積みになっている。照星が考えた「小麦粉を一切使わないパン」とは、米粉を使った「米粉パン」だ。最近は、米粉を使ったパンやお菓子が売られているのをよく見るようになったし、パン用の米粉もスーパーで売られているし、かなり市民権を得てきている気がする。昔より製粉技術が上がってパンに適した細かい粉にすることができるようになり、米粉でパンが作れる時代になってきたのだ。それならば、自称・天才パン職人の照星がその技術を存分に活かして作れば、小麦粉のパンに匹敵するワンランク上のおいしい米粉パンが作れるに違いない、と、思っていたのだが。

「うわ、なにこれ、ひっど」

試作品をつまみ上げ、ひとかけちぎって口に放り込んだ真唯子が、うえ、という表情を浮かべ、照星に「クソマズ」と目で訴えた。

「わかってるって」

「ほとんど餅じゃん。って言うと、餅にも失礼なくらいのマズさ」

女の子と約束した日の翌日、照星は市販の米粉を買ってきて、とりあえず正攻法でパンを焼いてみることにした。初めて米粉を使ってみてすぐにわかったのは、小麦粉とはまったくの別物で、照星が今まで学んできたパン作りのセオリーはほぼ通用しない、ということだった。生地は捏ねても粘りが出ず、成形できるほどの粘度になるまで粉を足すと、団子のようにぎちっと固まってしまう。それをオーブンで焼いても一切膨らみもせず、表面がひび割れた餅のような焼き上がりになってしまった。そこからいろいろ工夫をして、すこしマシなものもできてはいるが、満足のいく出来には遠く及ばない。

「餅って言うなって」

「なんか、かぴかぴの鏡餅を生でかじってる感じがするんだけど」

そもそも小麦粉のパンがふっくらと膨らむのは、小麦に含まれるグルテンのおかげだ。

小麦粉に水を加えて捏ねると、中に含まれるグルテニンとグリアジンというたんぱく質が絡み合って、弾力があって伸びもある網目状の構造を形成する。これがグルテンだ。グルテンはイーストの発酵時に発生するガスを閉じ込める働きをするので、結果、パンが膨らむ。だが、米粉にはグルテンの元になるたんぱく質がそもそも含まれていないのだ。捏ねたところでグルテンは形成されず、イーストが発酵してもガスが抜けてしまうので膨らまない。その上、生地に保水力がないので、焼き上げた瞬間から猛烈な勢いで水分が飛び、いつの間にかカチカチの餅のような得体のしれない塊が出来上がる。見た目も最悪だし、味も言わずもがなだ。

もちろん、米粉にグルテンを添加してやれば、小麦のパンのように膨らませることが可能ではある。だが、そのグルテンこそが、小麦アレルギーを引き起こす原因物質の一つなのだ。アレルギーの子供向けに作るパンなのに、グルテンを加えては本末転倒だ。

米粉パンの場合、食感を生み出すのはでんぷんの役割だ。でんぷんは、捏ねることではなく、加熱することで構造が変わり、「ベータでんぷん」から「アルファでんぷん」に変わる。それを「アルファ化」というのだが、焼き上げたままではアルファ化した状態をキープできず、冷めていくにしたがって元のベータでんぷんに戻ってしまう。小麦のパンでも、香りと水分が失われる「老化」は起こるが、米粉パンはこれが顕著だ。冷めていくにつれて焼きたてのもちっとした食感が失われ、乾燥してぼそぼそし始める。

そのまま一日ほど放置すると、乾ききった餅のような食感の、どっしりしたマズい塊の完成である。

「どうすんの？　この餅モドキみたいなのを、パンだってだまして食べさせる気？」

「まさか。ちゃんとやりようはあるって。でもさ――」

「でも、なに？」

「うちの店のパンはうまい」

「いきなり自画自賛してなんなの」

「でも、米粉パンを食ってもらうなら、そのうまいうちのパンと変わらないくらいうまく仕上げなきゃいけないってことじゃん？　結構難しくねえかな、それ」

真唯子が、い、ま、さ、ら？　と、呆《あき》れたように片眉を上げた。

「てか、なんで来週とか言っちゃったわけ？　一週間で作れるとでも思った？」

照星は真唯子の目を見つめ、そのまま固まっていたが、やがて小首を傾げつつ、「思った」と真顔で答えた。

「なんで思っちゃうのそれ。普通はそこで、無理かも、って考えるもんだけど」

「まあ、なんとかなるかなと思って」

「じゃあもう、頑張ってうまい米粉パン作れ。でもさ、パンだと言われて変なもん食わされた幼女の心の傷とか計り知れないからね。もしアレルギーが治らなかったら、その子にとってのパンは、一生あんたの餅モドキなんだから」

「変なプレッシャーかけんなって」

「やだね。がっつりかけるから。一人の人間の人生背負うつもりでやれっての」

照星は少し背筋を伸ばし、咳《せき》ばらいを一つすると、わかってる、とうなずいた。

## 7

エレベーターを降りると、奈子の制止も聞かずに、菜乃花が外に飛び出した。今日は平日だが、シフト勤務の奈子は久しぶりの休日だ。公園に行こう、と菜乃花にせがまれて、溜《た》まった家事もそこそこに家を出た。

この一週間、菜乃花は口を開けばパンの話をしている。公園で出会った半裸の変質者系パン職人の人は、一週間後にうまいパンを食べさせる、と、なぜか一方的に約束をした。奈子は話半分で聞いていたが、菜乃花はそれを正面から受け止めてしまったようで、どんなパンなのか、とか、どんな味がするのか、とか、遊園地に行く前のように興奮して、一週間後を指折り数えていた。無視してしまおうとも思ったが、菜乃花があまりにも行く気満々で、やめよう、なんて言おうものなら、また団地中に響き渡るくらいの声で泣かれることになるだろう。気は進まないが、行くしかなかった。

「パンのおにいちゃん、もういる？」

「どうだろうね」

約束の時間を少し過ぎ、公園の真ん中に親子二人でポツンと立った。照星の姿はない。菜乃花が落ち着きなく辺りを見回すが、何人かの子供が遊具で遊んでいるだけだ。やっぱり、なにかの気まぐれだったのだろうか。もしくは、あのときは泥酔していたのかもしれない。いきなり服を脱いで水を浴びるなど、行動も普通ではなかったし。

「あの、菜乃花ちゃんとママですかね？」

「え、あ、そ、そうですけど」

急に声をかけてきたのは、見知らぬ女性だ。奈子よりも少し若そうに見えるが、背が高くて服装がやや派手めなので、妙な威圧感がある。女性は奈子と手を繋いでいる菜乃花に視線をやると、キミがなのはちゃんかあ、などと言いながら、色気のある笑みを浮かべた。

「あ、あの」

「あ、アタシ、照星の姉で真唯子って言うんですけど。ご存じですよね？　うちのバカ」

「ばっ、いや、はい。先週、お会いして」

「時間通りに来てもらったのに申し訳ないんですけど、今ちょっと遅れてるらしくて」

「遅れてる？」

「うちの店と別のとこでパン焼いてるんですって。店の中だと小麦粉が舞っちゃってるから。自分で呼びつけておいて遅れるとかマジでありえないんですけど。すいませんね」

真唯子という女性は、弟がいかにだらしないか、ということについてしばらくまくしたてるように語った。内容は聞くに堪えないひどさだったが、奈子はそれで少し力が抜けた。

「ちょっと立ち入った話になっちゃいますけど、お子さん小麦アレルギーなんでしょ？」

「ええ、はい、そうです」

「あ、アタシもね、ちっちゃいとき小麦アレルギーだったたんで」

「え、そうなんですか？」

「記憶うっすらだけど、なんとなく覚えてるんですよね。クリスマスとか、みんなケーキだのチキンだの食うじゃないですか。でも、アタシだけ祖父母んちでちらし寿司なんですよ。いやまあ、ちらし寿司に文句はないですけどね、おいしいし。でも、パン屋の娘が、なにが悲しゅうてクリスマスに酢飯を食らわねばならないのかというね。ケーキ食わせろって暴れたこともありますよ」

「今は、もう大丈夫なんですか」

「うん。ちょうど、この子くらいのときがピークだったかな。小学校に入るころにはだいぶよくなってて。まあ、大人になってから、三徹して遊びまくった後に〆のラーメン食ったら、がっつり蕁麻疹でましたけどね。無理したらヤバいけど、今はそこまで意識せずに付き合っていけてるって感じですよ」

「そう……、ですか」

「全員が全員アタシと同じかはわかんないけど、この子も治るといいよね」

奈子は、震えそうになる唇をぎゅっと嚙んだ。真唯子という人は、言葉遣いこそやや乱暴だけれど、ストレートで嘘がない人のように見えた。どこかのオトナたちみたいに、したり顔で、きっと治るよ、なんて菜乃花には言ってほしくない。治るかもしれないけれど、治らないかもしれない。いつか気兼ねなくパンをほおばれる日が来るかもしれないけれど、その日が永遠に来ないかもしれない。治るといいよね。うん、その通りだな、と、奈子も思う。

「おにいちゃん、くる？」

人見知りの菜乃花が、珍しく初対面の人に話しかけた。真唯子は子供に合わせてしゃがむことも、幼児言葉を使うこともせず、菜乃花を見下ろしながら、「来るよ」「来るなって言っても来る」とうなずいた。

「加減を知らないから、アホみたいな量のパン持ってくると思うよ」

「おいしい？」

「あー、どうかな。味はどうだろなー。そこそこ食えるものは作ってくると思うけど、うまいかどうかはわかんない」

「おいしくないの？」

「おいしくないかもしれないけど、おいしいかもしれない。おいしかったら褒めてやって。喜ぶから」

菜乃花が、おいしかったらね！　と無邪気に笑う。こんなにうきうきしている菜乃花を見るのは、奈子にも久しぶりのことだった。

「どうして、菜乃花にパンを作る、なんて言ってくれたんでしょうか。その、正直、私たちはパン屋さんのお客にはなれないわけで」

「本人、なんて言ってました？」

「その、子供がパンを食べたいって言ってるなら食べさせたい、って」

「ああ、じゃあその言葉通りなんじゃないかな」

「え？」

「別に店の宣伝なんて考えてないと思いますよー。そういうのはアタシの仕事で、あのバカはパン作ってりゃ楽しいっていう単細胞なので。あ、下心とかもないと思うので、安心してください。ああ見えて、彼女いるんですよ。結構かわいい子。ムカつく」

「でも、いきなり見ず知らずの方が、どうしてかな、って」

かつて都会の真ん中で生きていたころ、奈子の周囲にはメリットとかデメリットを考えて人付き合いをする人が多かった。奈子自身も、知らず知らずそういう価値観に染まってしまっていたかもしれない。人が自分になにかを与えてくれるときは、基本的に見返りを求められた。会話は駆け引きで、人間関係のパワーバランスを保つために思ってもいないことを言わなければならない。まだ毒が抜けきっていないのか、奈子は照星や真唯子のような人間の言うことを素直に飲み込むことができなかった。怖いのだ。与えられたパンを口にして、苦しむのが怖い。

「お気づきだと思いますけど、うちの弟はなかなかのバカなので、細かいことはなんも考えてないんですよ。まあ、パン屋なんてね、常連さん以外はお客さんみんな見ず知らずの人ですし、そういう人たちにうまいって言わすために、毎日本気でパン作ってるような人種だから」

アタシ無理だけど、そういうの、と、真唯子がからからと笑った。

「とはいえ、こんなにお時間を取ってもらって」

「パン食わせたいって思ってるのはうちの弟の方だから、気にしないで」

というか、むしろ付き合ってもらっちゃってありがとう、と、真唯子が奈子に向かってちょこんと頭を下げた。そうまでされると、もうなにも言えない。足元では、菜乃花がぴょんぴょん跳ねまわりながら、パンまだー？　とのんきなことを言っている。

「あ、来たわ。来たなあれ」

真唯子の視線の先から、「遅れてごっめーん！」という声が聞こえた。見ると、白衣姿の照星が、両肩に布のバッグをぶら下げている。そのバッグが、明らかに変形してまん丸に膨らんでいる。内容物が全部米粉パンだとしたら、いったいどれだけの量が入っているのだろう。加減を知らない、なるほど、と、奈子は息を呑《の》んだ。

「うわ、あいつヤバ。なにあのバッグ、パンパンじゃん」

パンだけに。真唯子はそうつぶやくと、「恥ずかしいからデカい声出すなバカ！」と、照星より大きな声で叫んだ。

## 8

「で、まさかお前、米粉パンの店をやる気なのか」

長々と照星の話を聞いていた父が、食べかけのパンを皿に置き、かなり質量を感じるため息をついた。母は父の横でむっつりとしていて、真唯子はところどころ照星の話に補足を入れていたが、今は、アタシ知ーらね、という顔でスマホをいじっている。せっかく母がリベイクした朝食のパンも、誰も手をつけないのですっかり冷めていた。

「そうなんだよね」

「うちの店で出すんじゃだめなのか」

「普通のパンと一緒だと、コンタミすっからなあ」

コンタミとは、コンタミネーション、の略だ。食品業界においては、食品の製造過程で原材料以外のものが混入することを意味する。いくら米粉だけでパンを作っても、小麦粉を扱うパン工房で作れば、空気中を舞っていたり、オーブンに付着していたりする小麦の混入は防げない。その微量な原因物質にも反応してしまう人がいる以上、小麦アレルギーの人に食べてもらうことを前提にするなら、『ぱんややん』の製造環境で「小麦不使用」と謳《うた》える米粉パンを作ることはできない。

「でも、こんないきなり店出すってお前、いくらなんでも。場所はどこに出すんだ」

「俺の高校の近くに、商店街あったっしょ？　そこにパン屋の居抜きがあったんだよ」

照星の通っていた高校近くの商店街には昔から小さなパン屋があったが、去年の冬くらいから空き店舗になっていた。元がパン屋なら、中の壁をぶち抜いて作り直さなくても、レイアウトをほぼそのまま使える。不動産屋に紹介されたときに運命を感じて、照星はその場で賃貸契約を申し込んだ。

「でさ、内装にそこまで金かからないしいいじゃんここ、って思ったんだけど、残ってる小麦の洗浄がそこそこ大変で、予定よりかえって金かかっちゃってさ」

「それで、二百万か」

「そうなんだよね。この家と土地担保にして、銀行で借りていい？」

「やめろ、そういう無茶するのは」

「ま、金はなんとかするわ。友達に片っ端から連絡する」

それもやめなさい、と、母親が眉間にしわを寄せた。

「店だ金だはいいんだけど、あんたさ、肝心のパンはちゃんと作れるわけ？」

真唯子がスマホに視線を向けたまま、隣に座っている照星のすねを足で小突いた。

「それはまあ、これからおいおい」

「なんで先にケツ決めちゃうのよ。普通、先にパン作って、イケるって思ってから店出すもんでしょ？　この間も一週間とか無茶なスケジュール切ってさ。いい加減学べって」

「俺さ、それ、ちょっと違うと思ったんだよね」

「は？　どういうこと？」

「今な、まさに俺がこうしている今、パンが食いてえなあと思いながら食えない人がいるわけなんだよ。で、そういう人は、パンが食いてえ、ってことなんだ。もちろん、うまいパンが食えたら最高だけど、パンが食えるってだけでも全然違うわけでしょ」

「だから味は二の次？」

「そうじゃねえけど。でも、俺が仕事の合間にちくちく米粉パン試作して、これはもう小麦のパン超えたな！　みたいなレベルに達するのに、どんだけかかんだよって。もともと、俺はパン作りの天才なんだから、その天才が作った小麦のパンを米粉のパンで超えるとか、めちゃくちゃ難しいわけ。でも、三年、五年、もしかしたら十年くらいかかるけど待っててくれ、なんて言えないじゃんさ。今、パン食いてえって言ってる人に」

一週間、空いた時間のすべてを使い、睡眠時間もゴリゴリ削って米粉パンに没頭した結果、最初の乾いた餅のような塊からの脱却はできた。小麦のパンほどとは言わないが、グルテン代わりに加える増粘剤を見直したことで、ある程度ふっくらと焼き上げることができたのだ。でも、食感も小麦にはないもっちり感があって、これはこれであり、という感じだった。でも、常温になったときの食感の変化や、焼き上げたときの香りの薄さ、成形の難しさはまだまだ解決できていない壁で、胸を張って小麦のパンよりいいよ、とは言いづらい。

でも、それなのに。

照星がなんとか間に合わせた半人前米粉パンを、少し緊張した面持ちで口にした菜乃花の顔が、照星の頭から今も離れない。自分が作ったパンをお店に出したとき、一口食べておいしい、と顔をほころばせるお客さんは結構いる。それを見て、よっしゃ、どや、と嬉しくなることは今までにもあったけれど、菜乃花の表情はそういうのとはちょっと次元が違った。言葉を失って、一瞬ぽかんとした後、菜乃花は涙をこぼしながら、おいしい！　と何度も叫んで、壊れた人形のようにげらげら笑ったのだ。

その笑い声はまるで、今までとはまったく違う新しい世界に生まれ変わったかのような、二度目の誕生を告げる産声に聞こえた。自分が生まれた瞬間の記憶は残っていないけれど、きっと照星も、あの菜乃花のように声を上げながらこの世界に生まれてきたのだ。真っ暗な道を進んだ先、突如光に包まれた瞬間目にする、それまでより何億倍も広い世界。感情の整理ができなくて、悲しいのか嬉しいのか、なんなのかよくわからなくなるだろう。でも、踏み出せばどこまでも行けそうな広大な世界を前に、人は叫ぶ。笑う。菜乃花は、生まれ変わったのだ。パンがなかった世界から、パンのある世界へ。

人間が食べ物を食べるのは、生きていくためだ。食べたものを消化して、必要なエネルギーや栄養素に変える。でも、食べること、食事することの意味がそれだけだったら、照星のようなパン職人は存在する意味がない。照星が、もっとうまいパンを、と追求するのは、栄養とかカロリーとか、そういうもの以上のエネルギーを人に与えたいからだ。おいしいものを食べて、明日も頑張る。嫌なことがあっても忘れられる。そういう、心のエネルギーを生み出すパンを、照星はずっと作りたいと思ってやってきた。たぶん、父親もそうだし、他のパン職人もそうだし、なんだったら飲食店やってる人の大半はそうではないだろうか。じゃなかったら、料理人とか職人という職種は、ほとんど消えてなくなっているかもしれない。

照星の米粉パンを口にしたとき、菜乃花が体中から放出したエネルギーは、照星の心をどかんと揺らした。まるで爆風だ。喜びの爆弾。そのものすごいエネルギーは、周囲にいた大人たちを巻き込むほど強烈なもので、照星も、真唯子も、そして菜乃花のお母さんも、全員がそのエネルギーを受けて笑顔になった。照星が作ったパンがこれだけのエネルギーを生み出したのは、初めてのことだったかもしれない。それで、気がついた。誰かにエネルギーを与えられるパンっていうのは、「うまいパン」じゃなかった。食べたその人が「求めていたパン」なのだ。

「俺が毎日米粉パンだけ焼いてりゃさ、いずれ嫌でもうまいもんになるっしょ。だから、一日でも、一秒でも早く、店を出すことに意味があんだよ。悠長に、うまいパンができたら店出そう、じゃねえんだって」

照星は、らしくない熱弁を振るいつつ、自分の手を見た。パンを焼くために与えられた、右手と左手。この手が生み出したパンを食べて、全身で喜んでくれた子供の笑顔は、一生忘れらんないよな、と思った。今までの夢は、めちゃくちゃうまい小麦のパンを作って世界一のパン屋になることで、小学校の卒業文集にもそう書いたし、高校の進路相談のときもそう言った。米粉パンを作っていくのなら、もうその夢を追いかけることはできなくなる。一瞬だけ、世界一のパン屋になった自分の姿が頭に浮かんで、照星は、ふっ、と笑った。ちょっと寂しくはあるけれど、しょうがない。

照星は、知ってしまった。

パンの力で、人に人生をプレゼントすることだってできるってこと。

「まあ、お前の話はわかった」

「そっか、よかった」

「でも、そういう店をやるってことは、もううちの店には戻ってこないってことだな」

「そうなるね、必然的に」

「後悔はしないか」

照星は、迷うことなくうなずいた。父は、今度はため息をつくこともなく、そうか、とあっさりうなずいて席を立ち、リビングの隣の和室に入ってなにやらガサゴソと引き出しをあさっていた。戻ってきた父の手には、銀行の通帳と印鑑が握られていた。

「三百万ちょいある。やるんじゃない。貸しだからな」

「え、マジか」

「その代わり、いい店にしろ。やるからにはな」

三百万、という声に反応した真唯子が、ヤバ、金あるじゃん、と、照星の手元を覗き込む。それまでほとんど発言しなかった母親が、「それ、ほんとは真唯子の結婚式用にお母さんが積み立ててたやつなんだけど」と、ぼそっとつぶやいた。

「は？　ちょっと待ってよ、なにそれ。なにちょっとカッコつけて照星にくれてやってんの？　アタシの結婚式どうなんの？」

父親が、まあー、と口ごもりながら、顔色を変えた真唯子をなだめる。

「真唯子は、あれだ。まだ当分先だろ？」

「おい、ふざけんなって、このクソオヤジ」

## 9

相変わらず、照星の朝は早い。

オーブンから型に入った米粉の食パンを取り出すと、ほんのり甘い香りに包まれる。小麦とは違った香りだが、日本人であるからか、なんだかほっとする瞬間だ。一般的な食パン型ではまだどうしても高さが出ないので、今はミニ食パン型というサイズの型に入れて焼き上げている。米粉は、こだわりのコシヒカリ。パン用の米粉は、高アミロース米という粘り気の少ない種類の米で作ったものが合うとされている。でも、そういう米は、普通に炊いてご飯として食べるといまいちおいしくない。うまくない米より、うまい米の粉で作った方がうまいパンになるだろ、というのが照星の持論だ。ちなみに、別に根拠はない。

「やば、今日のはいい感じだわ」

型から外したパンの表面を軽く指で押すと、耳のパリッとした感じと、中の弾力のあるふわもち感が伝わってくる。この感触に行きつくまでには連日店舗に泊まり込んで試作を繰り返さなければならなかったが、形になってしまえば苦労など帳消しである。

照星のお店、『米粉パン専門店・米星』は、三ヵ月という突貫作業を経て、なんとかオープンにこぎつけた。ちなみに、『米星』は「マイスター」と読む。ドイツ語で「師匠」「職人」的な意味だが、そこに「米」と「希望の星」みたいな意味をかけて、ついでに照星の名前のイメージも込められている。でも、店名の発案者は照星ではなく、真唯子だ。当初、照星が自分で考えた店名は家族全員からダメ出しを受け、真唯子案にせよ、と説得されたのだった。納得いかない部分もあるが、これはこれで気に入っている。

開店までの数週間は、まさに地獄の忙しさだった。オペレーションの確認、取引先との打ち合わせ、そして商店街の組合加盟店へのあいさつ回りと、今までノータッチだった経営者としての仕事がのしかかったのだ。それでも、毎日の試作だけは欠かさず、生地の配合を変え、発酵時間、焼く温度、あらゆる可能性を考えながら組み合わせを試して、オープン直前まで何度もレシピを変えた。そのせいか、照星の米粉パンは、以前とは比べ物にならないくらい進化した。

最近はアレルギーのためだけでなく、健康に気を遣う人たちを中心に「グルテンフリー」という概念が広まったことで市場に一定の米粉パン需要が生まれ、新しい素材が数多く出回り始めている。製粉の際、でんぷんの損傷率が高いと吸水性が上がりすぎて生地がどっしりするのだが、パン用に作られている米粉はでんぷんの損傷率が抑えられているので、パンにしてもふんわりと仕上がる。照星が使っているコシヒカリの粉は、工場に乗り込んで製粉業者にかけあい、特別に作って卸してもらっているものだ。

生地の要であるグルテンの代わりには、「ライスジュレ」などの名称で売られているお米のペーストや、「アルファ化米粉」という、米の中のベータでんぷんをアルファ化してから米粉にしたものなどが使える。いずれも、水を加えることで粘性や弾性を持つので、グルテン不使用でもしっかりパンを膨らますことができるようになった。酵母は、以前研究していた酒種の天然酵母とイーストを使い分けて使っている。酒種酵母は、元が米だからか、風味がよく合っていていい感じだ。

焼き上がったパンは、ひとつひとつ丁寧に販売スペースに並べる。パンの種類や品数は父の店とはまだ比較にならないが、もっと増やしていけるように棚には余裕をもたせてある。照星の米粉パンは常温でも二日ほど持つが、やはり時間経過とともに固くなっていくので、普通のベーカリーにはあまりない冷凍ケースを置いて、冷凍パンも販売することにした。冷凍なら、小麦のパンよりも米粉パンの方がずっと持ちがいい。

シャッター商店街という立地もあるし、宣伝をしているわけでもないので、お店の開店時間になって入口ドアを開けても、『ぱんややん』のようにお客さんがぞろぞろやってくることはない。それでも、客がゼロ、という日はなかった。開店から時間が経つと、ぽつり、ぽつりとお客さんが来る。そのほとんどが近所に住む人ではなく、「アレルゲンフリー」といった検索ワードから『米星』のホームページに辿り着いた人のようだ。店舗で販売するより好調なのはネット通販している冷凍パンで、全国各地から注文が入る。やっぱり、照星の米粉パンを求めている人は確実にいる。菜乃花のような子が日本中にいるのだ。

「これ、どうやって食べたらいいのかしら」

「ああ、そのまんま食べてもいいし、レンチンとか蒸し器でも。トーストにしても食感カリモチになりますよ。焼くときは普通のパンより長めしっかり焼きにしてもらって」

「へえ」

「アタシ的には、がっつり海苔の佃煮《つくだに》塗って、乳製品が平気ならバターのっけて焼くのがおすすめ」

「パンなのに海苔？」

「パンだけど、米なんで」

売り場には、真唯子がヘルプに入っている。弟に使われるとか絶対ヤダ、とごねていたが、「店がつぶれたら結婚式代が返せなくなる」と説得し、レジと接客、そしてホームページやネット通販サイトの管理を任せている。レジカウンターで真唯子と話していたお客さんは初めての入店で、近所に住んでいる年配の女性だ。孫が小麦アレルギーだそうで、毎度遊びに来たときに出す食べ物に悩んでいたらしい。外の「小麦不使用」という立て看板を見て入ってきたそうだ。

「でも、あら、よく見たら結構お高いのね」

「そうなんすよねえ」

焼き上がったパンを並べながら、照星もレジ前に顔を出した。『米星』の米粉パンは、小麦のパンに比べると倍近い値段設定になっている。普通にパンを買いに来た人が見たら、値段に驚くかもしれない。

「まだ、小麦粉より高いんですよ、米粉の野郎が」

「あらそうなの。うちもねえ、年金生活だから、あんまりお金ないのよねえ」

「いずれ、米粉パンがうまいってみんなが気づけば、どんどん普及して、材料費も下がっていくと思うんですよね。そしたら、もう少しパンも安くできるし、小麦アレルギーの子供も気軽に食べられるようになって、みんな幸せになるんで」

どうぞ、と、試食用のパンを差し出すと、少し戸惑いながらも、女性はひとかけら口に入れた。外側はかりっとしていて、中はふかふかだけどきめが細かくてしっとり。小麦のパンよりも強いもちもちの弾力が、米粉パンならではの魅力だ。

「あら、おもしろい味。案外、ちゃんとパンっぽいのね」

「パンっぽくするのが難しいんですけど、俺は天才なので」

ま、と、女性は目を丸くして、くすくすと笑った。

「うちのお孫ちゃん、パンが食べられない子だから、買っててあげたら喜ぶかしら」

「喜びますよ。爆弾吹っ飛びますよ」

「爆弾?」

「なんか、人が喜ぶと、どかん、ってのがあるんですよ。周りの人が笑っちゃうくらいの、どかん、が」

女性はにこりと笑うと、日持ちはするのか、とか、どう保存すればいいのか、と矢継ぎ早に質問をしてきた。米粉パンの扱いに関しては、真唯子がビラ一枚の説明書を作ってくれたので、それを手渡す。ざっと目を走らせると、女性はハンドバッグからお財布を取り出した。

「じゃあ、そのかわいいサイズの食パンと、そっちの丸パンと……」

女性が指すパンを、照星がひょいひょいとトレーに載せて、レジで包装する。冷凍のは日持ちしますよ、と、真唯子が声をかけると、女性は、うまいわね、などと笑いつつ、じゃあそれも、と買ってくれた。

「今日、夕方ごろにお孫ちゃんたちが来るからちょうどよかったわ」

「それはよかった。おばあちゃん、株が爆上がりですよ」

最初はいぶかしげだった女性も、最後は表情を崩し、笑ってパン入りの袋を受け取った。そして、お孫ちゃんたちが喜んだらまた来るわね、と残して店を出て行った。よし、リピート確定だな、と、照星は自信満々に胸を張る。

「ねえ、あんたさ」

「ん？」

「これ、やっていける自信ある？」

「さあ。わかんねえな。わかんねえけど、やるしかないからさ」

「慈善事業じゃないんだから、ちゃんと儲けを出しなさいよ」

「わかってる。じゃないと、米粉パン作ろうって人が続いてこないしな」

「そうじゃない。アタシの結婚式代を速やかに返せ」

まず相手を見つけろよ、と照星が薄笑いを浮かべると、真唯子が渾身《こんしん》の力で照星の耳をひねり上げた。「やめれ」「殺す」とやり合っていると、また入口ドアが開いて、自動チャイムの音が鳴った。姉弟で、いらっしゃいませ！　と声を揃える。

## 10

車の後部座席に乗った菜乃花が、「あはは」と文字で書いたような笑い声をたてた。

シートベルトで固定されながらも、体を全力で揺らしてはしゃいでいる。さすがに浮かれすぎかなと思って、奈子は、ちょっとじっとしなさい、とたしなめた。

「おにいちゃんでてた!」

「ね。なんか不思議な気分」

夕方のローカル情報番組に照星の『米星』が取り上げられると聞いていた奈子は、移動中の車内でテレビをつけた。番組の中の飲食店紹介コーナーが始まると、菜乃花が後部座席のモニターを指さして、「おにいちゃんだ!」と大騒ぎを始めた。奈子は運転中なので音声だけ聞いていたが、思わず途中で噴き出してしまった。


——お店ができてよかったね、で終わらすわけにはいかないんですよね、俺は。


テレビを通しても照星らしさは全開で、米粉パンを世界に広げていく、とか、小麦のパンを食べられない人たちの希望の星になる、とか、相変わらず大きな話を大真面目に語る。レポーターもやや扱いに困っていたけれど、そこはさすがプロで、うまいこと言葉を引き出し、最終的には、すごく志の高い若き職人、という印象にまとめていた。

菜乃花の一件から、奈子は照星とメッセージのやり取りをする間柄になった。『米星』のパンの開発に協力もしたし、照星からはホームベーカリーを使った米粉パンのレシピを教えてもらった。コツを覚えるとそれほど難しくはなくて、以前の失敗作とは雲泥の差のパンができた。作るのは機械任せで楽だし、菜乃花にも好評だし、照星様々だ。

　今日は照星からまた新作パンの試食をお願いされて、『米星』に向かっていた。『米星』のある商店街は、団地と奈子の職場のちょうど間くらいにあって、菜乃花を預けている保育園にほど近い。近くのコインパーキングに車を停め、人気《ひとけ》のない商店街の中を歩いていくと、ひときわ新しいファサードが見えてくる。

「おにいちゃん！　きたよー！」

　菜乃花がお店に飛び込んでいくと、照星が、うわ、と声を上げた。暇を持て余して軽く居眠りをしていたようだ。照星は店内の隅っこに置かれたイートインコーナーのテーブル席に奈子と菜乃花を案内すると、表に出てＣＬＯＳＥの札をかけた。

「すんませんね、わざわざ来てもらって」

「いえ、ただでおいしいパンを食べさせてもらえるなら全然」

　照星はにやりと笑うと、ちょっと待ってて、と、裏に引っ込んだ。そして、バットに載せられた数種類の新作パンをテーブルに置く。まずは、存在感のある半円ドーム形のパン・ド・カンパーニュ。切れ込み《クープ》もちゃんと入っているし、外皮《クラスト》もパリッと焼けていて、内側《クラム》の気泡も細かい。言われなければ、米粉のパンだとは気づかないくらいだ。グローブ形のクリームパンとフットボール形のカレーパンは、いずれも普通のパン屋にあるあの形そのものだ。奈子が自分で作ってみてわかったことだが、米粉パンの生地は小麦粉のパンの生地と違ってかなり緩いので、基本的には型に入れて焼かなければならない。こうして、小麦のパンと遜色ない形にするには、いろいろ工夫が必要なはずだ。

「え、すごい、見た目完璧じゃないですか」

「やっぱ、子供って見た目大事でしょ？　他の子と同じものが食べたいんだろうし」

あ、と、奈子は思わず菜乃花を見た。後からわかったことだけれど、団地内の公園で菜乃花が大泣きしたあの日は、保育園で特別なおやつが出たらしい。でも、菜乃花だけはそれが食べられず、一人だけいつもと同じおやつしかもらえなかった。お友達と同じものが食べられないのが悲しくて、自分もみんなと同じものが食べたい、と火がついてしまったのだ。三歳の誕生日を目前に控え、菜乃花も次第に周りと自分を比較できるようになってきていて、「食べられない」ということの意味を理解し始めている。臭いものにふたをするようなやり方で菜乃花を傷つける前に、奈子が子供のアレルギーと向き合えたのは、本当によかったと思う。

「菜乃花も全部食べられるから、好きに食っていいよ」

ほんと？　と菜乃花が椅子の上で飛び跳ねて、真っ先にクリームパンに手を伸ばした。少し心配になったが、照星曰く、小麦粉はおろか、卵も牛乳もバターも不使用だそうだ。それでどうやってクリームパンになるのか、と、奈子も試食してみたが、驚くほどちゃんとしたクリームパンだった。クリームは豆乳やライスミルクでできていて、豆腐の大豆臭さもなく、普通のクリームパンよりむしろあっさり食べられる。これは、気がつくと二個三個食べてしまうあぶないやつだ、と、奈子は二個目に手を伸ばしかけた自分の手をなんとか抑えた。

照星の新作パンはどれもおいしかったが、特に驚いたのはカレーパンだった。照星の実家である『ぱんややん』もカレーパンが人気なのだそうだが、そのDNAを受け継いだ『米星』のカレーパンは、正直に言って、小麦のカレーパンよりも数段おいしい。油で揚げるという調理法が米粉パンにはベストマッチで、表面のカリカリ、ザクザクとした食感が際立ち、中の生地のもちもち加減とのコントラストが最高だ。揚げたてのおいしさはまた格別で、これだったら小麦のパンの代用品ではなく、アレルギー持ちの人じゃなくても食べたくなるのではないか、と思った。菜乃花と二人で、めちゃくちゃおいしい、と激賞したが、照星は渋い顔をしていた。

「中のカレーがさ、まだもうちょい感あって。もっと香りが、うわっ、てくるといいんだけど、俺はパン作りの天才であって、カレー作りはそんな得意じゃないんだよね」

奈子と菜乃花が顔を見合わせて、おいしいけどねえ、とうなずき合う。確かに、カレーフィリングに小麦粉やバターを使っていないのでややあっさりめではあるけれど、これはこれでいいのではないか、という感じがする。でも、照星はまだ納得できないのだろう。

「照星さん、『イノウエゴハン』て知ってます？」

「ん？　なんて？」

「この近くにある新しいお店なんですけど。ダイニングカフェって言ったらいいのかな」

「あー、ええと、知らないかな」

「菜乃花の保育園のお友達の、愛南ちゃんて子のご両親がお店をやってて」

ね、と、奈子が視線を向けると、菜乃花が「愛南ちゃん」について機関銃のように話し出した。愛南ちゃんは保育園の二歳児クラスで一緒のお友達だ。菜乃花と結構気が合うようで、今は一番の仲良しになっている。それをきっかけに奈子も愛南ちゃんママと話す機会が増えて、小さなダイニングカフェを営んでいると知った。菜乃花のアレルギーの話をすると、食べられなくて残念、と言われるかと思えば、うちのお店のごはんならいけるんじゃない？　と意外な反応が返ってきた。

『イノウエゴハン』の看板メニューであるロコモコに使うハンバーグは、繋ぎが塩のみでパン粉や牛乳は不使用。もう一つの看板メニューのカレーは、小麦粉、卵、乳製品を使っていないものが必ず一種類用意されているそうだ。お店で小麦のパンを出しているのと、ロコモコのソースに小麦粉が使われているので絶対にコンタミがないとは言えないけれど、調理工程やスペースをある程度分けていて、アレルギーの子供用に食材の除去もできるから、大丈夫そうならそのうち食べに来て、と言ってくれた。

そこで、奈子は中断していた菜乃花の負荷試験を再開することにした。細心の注意を払いながら試験を受けた結果、キッチンで混入する可能性があるごく微量な小麦粉くらいなら反応しないことがわかった。血液検査で陽性とされた牛乳や乳製品、卵も、少量なら食べられるようだった。

つまり、『イノウエゴハン』のカレーは、菜乃花でも食べられるのではないか、という結論に至ったのだ。そこで、万が一のときの準備はしつつ、奈子は菜乃花をお店に連れていくことにした。カレーは想像以上に本格的なスパイスカレーだったけれど、辛味はほとんどなくてマイルドな味だったので、菜乃花でも食べられた。数時間、一日、数日経ってもアレルギー反応は出ず、大丈夫だとわかったときは本当に嬉しかった。菜乃花と外食ができるなんて、思ってもみなかったのだ。以来、奈子はちょくちょく菜乃花と一緒に『イノウエゴハン』にお邪魔するようになっていた。

「カレーがおいしいんですよ。もしかしたらカレーパンの参考になるかなと思って」

奈子がなにげなくそう言うと、照星の目の色がだいぶヤバい感じに変わったように見えた。出会った日のトラウマが蘇《よみがえ》りそうになったが、別に悪気はなくて行動が多少極端なだけだ、と自分に言い聞かせる。

「それだ」

「それ？」

「いくら俺がパン作りの天才とはいえ、一人じゃやれることなんて限られてるんだ。だからさ、もっとでかい爆弾を作りたかったんだよ」

「ば、爆弾？　て、カレーパンのことですか？」

「そんなもんじゃなくて。もっとでかくて、この辺一帯吹っ飛ばすくらいのやつ」

たとえがいちいち物騒なんだよね、と思いながら、奈子は首を傾げた。天才が考えていることは、凡人にはいまいち理解できない。爆弾？　でかい爆弾てなに？　と、奈子の頭の上にハテナがいっぱい湧く。

## 11

「どうかな」

「結構ちゃんとカレーしてる」

井上璃空は試作品のカレーを口に運び、舌にのせて味や香りを確かめた。我ながら、なかなかいいんじゃないか、と、少し自賛する。玉ねぎ、にんじん、じゃがいもという定番の野菜と鶏肉を使ったチキンカレー。ソースには果物をたくさん使っているので、フルーティな甘みがウリだ。ちゃんととろみがついているので、ご飯ともよく合う。

璃空の試作カレーを、杏南と愛南が営業前のお店のテーブルに並んで座り、ぱくぱくと食べている。もう少し味わってほしいんだけどな、と思うのだが、おいしそうに食べてもらえると文句も言いづらい。特に、杏南は臨月に入ってから体重が激増してお医者さんに怒られたばかりなので、あまり食べ過ぎないよう気をつけなければならないのだけれど、本人はお構いなしだ。

今回の試作品は、日本の「おうちカレー」と「小麦・乳製品不使用」がテーマだ。いつもお店で出しているスパイスカレーはルウを使わないので、ごく微量の混入でアレルギーを起こしてしまうようなレベルの人でなければ、小麦や乳製品のアレルギー持ちの人にも食べてもらえる。でも、子供はとろみのあるルウカレーも好きだろうから、小麦粉とバター抜きでおうちカレーを作ってみよう、ということになったのだ。『イノウエゴハン』はアレルゲンフリーとかグルテンフリーを謳えるようなお店ではないし、世の中にはスパイスでアレルギーが出る人もいて、どんな人でも食べられるカレー、と言われてしまうとお手上げだけれど、できる限り多くの人においしいごはんを食べてもらいたい、というのは、自然と璃空の中に生まれてきたお店のコンセプトだ。

アレルギーについてはもともと少しだけ気をつけてはいたものの、璃空が強く意識するようになったきっかけは、お店の近くの商店街に出店した『米星』という米粉パン専門店の店主さんに「カレーパンのコラボをしないか」という話を持ちかけられたことだった。『米星』の若き店主・照星くんは、愛南の友達のママの知り合いだそうで、じゃあやりましょうか、と引き受けたところから縁が繋がった。

照星くんの目標は、「アレルゲンフリー」の米粉パン屋さんだそうで、お店をやりながら試行錯誤している最中だそうだ。一口にアレルゲンと言っても、食品に含まれるたんぱく質はすべて誰かにとってのアレルゲンになる可能性があるわけで、絶対にアレルギー症状を出さない食品というのは難しい。今は、アレルギー症状を起こす人が多い食品を使わない、というだけで精いっぱいだが、照星くんは、いつか、パンを食べたいと思う人が誰でも絶対に食べられる米粉パンを作る、と言っていた。若いのに志が高いよなあ、と感心してから、璃空も興味を持ってアレルギーの勉強をするようになった。

ああでもないこうでもないと二人で悩んで作り上げたカレーパンは、米粉パンのカリッとした食感とカレーの香りがマッチした自信作になった。今は、璃空が作ったカレーフィリングを照星くんのお店に卸してカレーパンにしてもらい、「米星×イノウエゴハン謹製カレーパン」として、お互いのお店で提供している。さらに、璃空のお店で出す米粉パンも特別に作ってもらって、プラス百五十円でランチプレートのパンを米粉パンに変更できるようにもした。変更を希望するお客さんはさほど多くはないけれど、少ないながらも確実に需要があるな、という手ごたえはある。

愛南のお迎えついでに保育園で話を聞くと、やっぱり数人、食物アレルギー持ちの子供がいるそうだ。給食やおやつは周りの子たちと別メニューになってしまうので、寂しそうにする子もいる、と保育士さんも言っていた。そう聞くと、小麦や乳製品を使わずに、自分が子供のころに食べてきたカレーと遜色ないおいしいカレーが作れないかな、と考えてしまう。

照星くんからは、アレルギー関連の知識をたくさん学ばせてもらっている。照星くんがいなかったら、小麦不使用のおうちカレーもきっと作れなかっただろう。千里の道も、まずは一歩から。『米星』とは、これからも協力し合っていくことになるだろう。

「ねえ、あいちゃんどう？　パパのカレー」

「おいしー」

「そっか。ママのカレーとどっちがおいしい？」

愛南は、うーん、と考え込む仕草を見せたが、「どっちも」と答えた。杏南が作る普段のカレーとあまり変わらない印象なら、お店で出してもいいかな、と璃空は思った。

「なんかあれだね、パパ」

「ん？」

「この子がもしアレルギー持ってても、パパがいるなら安心だわ」

杏南が大きく張り出したお腹をさすりながら、そう言った。プレッシャーかけないでよ、と笑ってかわしながらも、璃空は杏南のお腹に手を置いた。この子が生まれてきて、今の愛南と同じくらいの歳になったら、どんなものを食べて、どんなものが好き、と言うだろう。自分のごはんを好きになってくれたらいいよね、と、心の中で願う。

## 12

なにも聞かずに食ってくれ、と池田さんに言われて、西山すみれは戸惑いながら目の前のラーメンに、いただきます、と手を合わせた。白磁のどんぶりと透明度の高い醤油スープ。具のない素ラーメンが通常の半量くらい盛られたものが、いくつか並んでいる。

営業終了後のお店は、不思議な静けさがあって好きだ。今日は、『らーめん味好』の営業を終えた後、昔からある商店街に突如オープンした池田さんの新店『麺いけだ』にお邪魔している。以前は、池田さんに『味好』のラーメン再現を手伝ってもらったが、今回はすみれが『いけだ』の新作ラーメンの開発に協力することになった。けれど、今のところは詳細を説明されておらず、お店に着くなり、さあラーメンを食ってくれ、と来た。相変わらずこういうところがめんどくさいなあ、と思いながらも、なにか思惑があるんだろうと考えることにした。

「正直な意見をくれよ」

池田さんがお店で出しているラーメンは、『ふじ屋』のスープを彷彿《ほうふつ》とさせる、あっさりしながらも奥行きのある清湯醤油ラーメンで、麺はかなり太めの多加水麺。池田さんが毎日手打ちで作っている。茹でる前にあのむきむきの腕で強く手揉みして縮れ麺にするので、つるつるした食感でありながら、スープ絡みも抜群だ。具は、池田さんのキャラからは想像できない繊細さで、しっとりとした豚と鶏のチャーシューが一種類ずつ、柔らかい穂先メンマと半熟味玉、カイワレがアクセント。『ふじ屋』のエッセンスは残しながらも池田さんの個性が強く反映されていて、とてもおいしいラーメンだとすみれは思う。

けれど、出された試作品のラーメンには、いつもの太麺ではなく、やや細めのつるっとしたストレート麺が入っていた。一口すすって、すみれは、はて、と首を傾げる。あまり中華麺らしい香りがせず、歯を立てると、ぷつん、と粘りなく切れてしまう感じがする。池田さんが手打ちするあの圧倒的食感のもちもち強ゴシ麺と比べるとコシはないに等しくて、ものすごくはっきり言うと、全然おいしくなかった。

「あの、じゃあ、遠回しに言っても仕方ないので、率直に言いますけど」

「おう」

「スープはいつも通りおいしいです。でも、麺がなんだかおいしくないんですけど」

池田さんは大きくうなずいて、他のものも食べてほしい、と目で促す。次のどんぶりを見ると、また違った麺が入っていた。日本そばのように真っ黒い麺で、多少もちもちした感じはあるけれど、その見た目も相まって、ラーメンを食べている、という感覚が薄い。最後の細麺もいまいちだった。麺が半ばスープに溶けて、ぐずぐずになってしまっている。食感は最悪で、とても食べられたものではない。

「なんなんですか、この麺」

「ああ、そいつは、これなんだ」

池田さんがカウンターに置いたのは、真空パックされた麺だ。パッケージには、rice という文字が入っている。真っ黒な蕎麦のようなものには、玄米、という漢字表記があった。

「あ、これ、お米の麺、ですか」

「そうなんだよ。でもまあ、言われた通りだな。いろいろ取り寄せてみたけど、客に出せるもんにはならなかった」

「なんでまた、米麺なんですか」

「ちょっと前に、ウチに若いのが来てさ。近くで米粉のパン屋をやってる、っていう」

「米粉パン？　こんな古い商店街で珍しいですね」

「そいつが、店でアレルギー持ちの人でも食えるパンを作ってるって言うんだけど、自分はパンしか作れないから、ラーメンを作ってもらえないか、って、いきなり言うのさ。いきなりだぜ？　店に来て、うちのラーメン食って、うまい！　って言った後の二言目がそれ」

「なんだろう、池田さんよりキャラがこってり濃厚な人っているんですね」

「そいつがまた、まじめな顔で暑苦しくでかいことを言うんだ。ラーメンで世界を変えられる、とか、希望の星になれる、とか」

すみれは、ははん、と、おおよその状況を理解した。世の中、食物アレルギーで困っている人がたくさんいることはすみれももちろん知っている。ラーメンの麺に使われる小麦が食べられないという人も多いだろう。そういう人にもラーメンを食べさせたい、なんていう話を聞いてしまったら、池田さんは無視なんかできないに違いない。困っている人に手を差し伸べる、ヒーローになりたい人だから。

念のため、すみれは米麺のラーメンを作るところを見せてもらうことにした。取り寄せた麺はひと玉ずつ真空パックされていて、半生状態で固まっている。どうやら湿気を吸いやすいらしい。そこから茹でるのがひと手間で、小麦麺のノリでいきなりテボに入れ、箸でがしがしかき混ぜるようなことをすると、ばらばらにちぎれてしまう。まずは一分ほどお湯で火を通してでんぷんを糊化《こか》させ、そこから麺が切れないよう丁寧にほぐさなければならない。茹で上がったら一度冷水で締めることで、ようやくもちっとした食感が出る。それをもう一度お湯にくぐらせて温め、スープに落とす。麺自体がものすごく伸びやすいので、少しでも茹で時間を超過するとドロドロに溶けてしまうし、スープに入れてからも急いで食べなければあっという間に食感が損なわれてしまうようだ。

小麦アレルギーの人に中華麺の代わりに食べてもらうものだという前提でも、これではクオリティが低すぎる。その上、オペレーションも煩雑だ。アレルギー対応にするなら、小麦の麺と茹で湯を分けなければいけない。一食の単価も小麦の麺の三倍以上で、ラーメン店を営むものからすると、メリットがなに一つ見いだせなかった。

「これ、どうしても出すんですか?」

「どうだろうなあ。パン屋の兄ちゃんの言う通り、ラーメンを食えない人がいるってのはわかるし、食ってもらいたいのは山々なんだが、この麺じゃあな。がっかりされて終わりじゃ、出す意味ないからな」

「そのうち、もう少し技術が進歩したら、ちゃんとラーメンとして食べられる麺が登場するんじゃないですかね。そうなってからやってみるとか」

「まあ、それしかないか。まずいもん食わすわけにいかねえし」

結論は出たはずなのに、池田さんはなんだか釈然としない空気を醸し出している。すみれは、ふっ、と一つ息をついた。こうやって、自らなにかを否定するときの池田さんは、「そんなことないですよ!」と言ってほしいのだ。たぶん、池田さんの中では小麦麺を使わないラーメンを店で出すことはもう決まっているのだろう。でも、このクオリティで出すという決断はしたくなくて、ヒントを摑むためにすみれを呼びつけたに違いない。素直に、なにかいいアイデアない？　と聞いてくれればいいのに。

「時間通りに麺を上げて、冷水で締めた直後は結構おいしいんですよね。もちもちしてるし、つるつるしてるし」

「でも、スープに入れた瞬間からすげえ勢いでダレるからな」

「水分って言うよりは、熱でダレちゃうんですよね、きっと」

「たぶんな」

「いっそのこと、スープに入れなきゃいいんじゃないですかね」

「それ、ラーメンて言えるか？」

「ラーメンて言うか、つけ麺ですよ、つけ麺」

つけ麺か、と、池田さんが顔を上げた。思いつきで言ったことだが、思いのほか食いつかれて、すみれが戸惑う。

「つけ汁を濃厚に仕上げれば、あの麺でも絡むかもしれないな」

「池田さん、広島つけ麺って食べたことあります？　ちょっと辛いつけ汁につけて食べるんですけど、つけ汁が冷たいんですよ。そういうのなら麺がダレないいんじゃないですかね」

それいいな、と、池田さんがすぐさま製氷機から山のように氷を取り出してシンクに氷水を作り、ストッカーごとスープを冷やし始めた。冷えて固まった脂を取り除き、かわりにネギ油を香味油として少し垂らして、冷水で締めて冷たいままの米の麺を、冷たいスープに合わせた。山形発祥の「冷やしラーメン」のようなスタイルだ。

「あ、これなら、麺もおいしいですよ」

「普通のラーメンに匹敵、とは言いづれえけど、これはこれで、まずくはないな」

「これから夏だし、いけるんじゃないですか？　冬場はなんかまた考えるとして」

冷たい米麺のラーメンは、スープのすっきり感と麺のツルモチ食感が爽やかで、食欲が失《う》せがちな夏に食べるならよさそうだ。歯ごたえもちゃんとあって、時間が経ってもべちゃべちゃしない。こういうのはやっぱり素材がどうこうじゃないんだなあ、と、すみれは反省した。小麦の麺と同じ扱い方をして思い通りにならなかったからと言って、まずい、と切って捨てるのは簡単だ。でも、そもそもまったく別の食材なのだから、それをどう活かすかは料理人の腕次第だ。

米麺が意外と使える、とわかると、俄然《がぜん》やる気が出て、池田さんと二人、貝だしの塩ラーメンにしたらどうか、とか、レモンの輪切りを浮かべて酸味を利かせてはどうか、とか、お互い店を始めたばかりの新人ながら、ラーメン職人らしい会話が弾む。すみれには、その時間が楽しくて、いとおしいものに思えた。

「でも、冷やしで出す、ってのはナイスアイデアだったな」

「まあ、ラーメンですし、本来は熱々で出したいとこですけどね」

「さすが、人気店を切り盛りする先輩だな。勉強させてもらった」

こういう言い方ほんと嫌い、と思いながらも、すみれはほっぺたに熱が集まるのを感じた。

「もう、変なイジり方するのやめてもらえませんかね」

## 13

そういえば、とんかつを食べたことってあんまりなかったわね、と、梅山笑子は箸を片手に、ふふ、とほほえんだ。とんかつ屋を引き継いでからは人のために作るばかりで、ほとんど自分では食べなかった。

「これ、ほんとにパン粉も卵も使ってないの？　衣はなにを使ってるのかしら」

「米パン粉ってのがあってさ。例のお兄さんに教わったやつ」

「あら、お米なのかパンなのかわかんないわね、それ」

「卵の代わりはお米のペーストなんだけど、小麦粉のバッター液と違ってしっかりつけないと衣が剝がれるから、揚げるのが結構難しいな」

「そこは、君の腕の見せどころじゃない」

笑子がころころ笑うと、三代目店主になったばかりの林大和が苦笑しながら作ったばかりの試作品を自分の口に放り込んだ。普通のパン粉の、さくっ、とした音とは違って、ざくっ、と乾いた感じの音が聞こえる。笑子も続いて、一切れの半分を口に入れてみた。米粉はあまり油を吸わないようで、思ったよりも軽い仕上がりだ。衣のつきは薄めでも歯触りがいいので、むしろ衣の存在感が増す。ソースは、小麦などの特定材料不使用のアレルギー対応ソース。味は言われなければ気がつかないくらいで、特に違和感はない。ちゃんととんかつになっているわね、と、笑子は大きくうなずいた。

「意外とおいしいんじゃないかしら、これ」

「ね。これはこれでありって言うか」

笑子たちが小麦粉と卵を使わないかつを作っているのには、理由があった。

先日、テレビに出演するかどうか、笑子の師匠である『マンプク食堂さとう』のご夫妻に相談を持ちかけたときに、そういえばアレルギーがどうとか騒ぐ兄ちゃんが店に殴り込んできて云々《うんぬん》、という話を聞いた。兄ちゃん、というのは、『マンプク食堂』のある商店街に新しくオープンしたパン屋さんの店主で、以前、『梅家』に生パン粉を卸してくれていた『乃木茂《のぎしげ》ベーカリー』という老舗製パン店のあとに出店したらしい。お店のパンは小麦粉を一切使わない米粉のパンだそうで、自分のお店だけではなく、周囲の飲食店にも、アレルギーの人向けのメニューを出さないか、と声掛けをして回っていたようだ。もちろん、殴り込みなどではない。

残念ながら、『マンプク食堂』では採算の問題で断るしかなかったようだけれど、無下に断るのも悪いと思ったのか、『梅家』だったらどうだ？　と、師匠からお鉢が回ってきたというわけだ。

今まで、アレルギーについて、笑子はあまり考えたことがなかった。自分に子供がいないせいもあったかもしれない。でも、従業員の中には、子供がアレルギー持ち、なんていう人もいて、笑子が思っている以上に身近な問題であることに気づかされた。お店で出すか出さないかは別として、試しにちょっと作ってみようと何度か試作を繰り返していたのだが、笑子よりもむしろ大和が熱心で、米粉パン店の店主さんと直接連絡を取ったり、インターネットでなにやら調べたり、かなり研究して試作品を作り上げていた。

「どう？　お店で出してみる？」

「それが、ちょっと問題があって」

「問題？」

「結構、原価がかかっちゃうんだ。うちのとんかつに比べると、ずいぶん割高に」

「それはまあ、そうね。でも、たくさんの人に来ていただいてるから、少しくらいは利益抜きでお返ししてもいいいんじゃないかしら」

「あと、アレルギーの人用ってのは、小麦粉やら卵やらを調理した鍋とか皿とか使い回せないみたいで。調理スペースを分けなきゃいけないし、揚げ鍋とか皿も別に用意しないといけない」

「それは、うちみたいな小さいところだと難しいわね」

「そうなんだよ。総合的に見ると、ちょっと厳しいかな、って」

そうねえ、と、笑子は相槌《あいづち》を打ったが、難しい、という言葉とは裏腹に、大和はあきらめていないように見えた。原価がかかることや調理する場所が足りないことはもっと早くにわかっていたはずだし、あきらめるのなら試作などやらなくてよかったはずだ。

「ねえ、君は出したいんじゃないの？　これ」

「いや、まあ、そうだなあ。現実的に考えると無理だろうと思うんだけど」

「けど？」

「食いたいのに食えないっていうしんどさなら、よくわかるから」

そうよね、と、笑子は目の奥の方がじわっと熱くなるのを感じた。歳を取ると、笑顔でいたいのにすぐ涙が出そうになって困りものだ。

「細かいことは気にしないで、やりたいようにやっていいのよ」

「とはいえなあ。ようやくお店も上向いてきて、これからってとこだし。えみちゃんがずっと育ててきたお店を、俺がつぶすわけにもいかんからさ」

「いいのよ。私だって、やろうと思って始めたお店じゃないんだもの」

「だとしても、三十年だよ。このお店はえみちゃんの人生そのものみたいなもんだよ。

えみちゃんがこのお店を育ててくれたから、俺も夢を見ていられる。うちの店の味を、日本中の人に食べてもらいたい、っていう」

ああ、だめだ。堪えていた涙が一粒だけこぼれて、笑子は慌てて笑った。もう少し体の自由が利いて、みんなと一緒にちゃきちゃき働けたら、気なんか遣わせずに済むのに。お客さんがおいしいって言ってくれるなら、採算なんか取れなくてもいいのよ、なんて言って、自分で先頭を切って新しいことを始めることもできただろう。

「ねえ、あのね」

「うん？」

「裏の母屋を建て替えて、少しお店を広くしてみたらどうかしら」

「母屋って、だってえみちゃんの家じゃない」

『梅家』の店舗は、裏の自宅と繋がっている。元々は笑子の夫の両親の家で、そこに夫が店舗を増築して店を始めたのだ。夫の両親が他界した後は、裏の家は笑子が引き継ぎ、ずっと独りで住んでいた。そこを改築して店舗スペースを広げれば、今よりもお客さんを入れられるし、もう少し従業員も雇えるようになる。仕込み場所と調理場を分けることもできるだろう。

「私ね、そろそろ施設に入ろうかなって思ってるのよ」

「施設？」

「乃木茂ベーカリーの乃木さんいらっしゃるでしょ？　去年から老人ホームに入られたみたいでね。大学病院の近くで安心だし、老人同士でわいわいやれて結構いいところだからおいで、なんて誘われちゃって」

「いやでも、そんな、本気？」

「もう、足も悪くなっちゃったから、なかなかお店にも出られないし。あとは若い人にお任せしたいなって思うのよ」

大和は顔を強張らせて、椅子に座る笑子の横に膝をつき、笑子のしわだらけの手を両手で包むようにぎゅっと握った。きれいな手じゃないから恥ずかしいわね、と思いながらも、笑子も手が触れ合う感触を確かめるように握り返した。

「えみちゃん、そんなこと言わないでよ。まだまだ手伝ってもらいたいのに」

「でもね、もうそろそろのんびりしたいな、って思っちゃって。このお店はね、できれば全部君に譲りたいの。迷惑じゃなければだけど」

「迷惑だなんて、そんなわけが」

「私は晴れて自由の身になるから、あとは好きにしてもらっていいのよ。最近始めた、配達のサービス？　ブルバ、っていうの？　ああいうのは、私ついていけないけど、どんどんやってほしいのよ。アレルギーの人でも食べられるとんかつなんて、いいじゃない。日本中の人に食べてもらいたいっていう、君の夢への第一歩でしょう」

大和が握る手の力が強くなって、か細い手には痛いくらいになった。笑子も、もう一方の手を添えた。しんとしたお店の中で、しわだらけのおばあさんと小太りのおじさんが手を握り合う姿は、誰かに見られたら滑稽だわ、と笑ってしまう。でも、血縁もないかつての他人同士が、かつ丼なんていうありきたりの料理で縁を繋げて、今ではこうして親子よりも近しい人になった。それは素敵なことだな、と思う。お店を続けていけば、きっと毎日、そういう縁が生まれていくのだろう。

「えみちゃん、そんなの、いや、そんなのって」

笑子の手に額をつけるようにして、大和は肩を震わせた。大の大人が泣くもんじゃないのよ、なんて言っても、説得力はないかもしれない。そのまま、笑子もしばらくぽたぽたと涙をこぼして、二人で思う存分泣いた。父に「笑子」という名前を授けてもらってからずっと、笑わなきゃ、と思って生きてきたけれど、人生頑張り抜いたことだし、そろそろたまには泣いてもいいかな、と、天国から見守ってくれているであろう、父に思いを送った。悪い涙じゃないから、きっと許してもらえるはずだ。

「ねえ、ほら、そろそろ笑って」

「ああ、うん、そうだな」

「あの、もしね、アレルギーの方にも食べていただくんなら、うちのかつ丼は難しいわけでしょ？　卵を使うし」

「うん、そう。卵はちょっと代わりを見つけるのが難しくてさ。見た目だけ寄せるのはできるかもしれないけど、味まで再現するのは難しいな」

「じゃあ、新しいかつ丼を考えないといけないんじゃないかと思うのよ。例えばね、たれかつ丼とか、みそかつ丼みたいなのなら大丈夫なんじゃない？　どう思う？」

「まあ、やりようはあると思うけど」

「それ、ちょっと頑張ってみてくれない？　米パン粉のとんかつもおいしかったんだから、君ならおいしいのが作れるでしょ？」

「いやどうかな、俺だってまだまだだから、自信を持ってできるとは言えないけど」

「ねえ、君は何年やったら自信が出るの？　まったく、否定的なことばかり言う性格だけは、どうにかしないとだめね」

頬に涙の跡が残る大きめの子供のような大和の頭を、ぽんとつつく。笑う門には福来る、と、この世界の真理をもう一度「息子」に伝えると、笑子はまた、ふふ、と笑った。

## 14

おめでとう！

小さなお店の中にクラッカーの音が響いて、細い紙テープが舞った。いくつかのテーブルを合わせて大きなクロスをかけたパーティーテーブルの一番上座、いわゆる「お誕生日席」に、菜乃花が座っている。今日で、菜乃花は三歳になった。奈子はスマホのカメラを向けて、動画の撮影に夢中だ。

菜乃花にとって、「お誕生日会」は初めての経験だ。会場は、『イノウエゴハン』。奈子が奮発してお金を出し、夜営業の時間、お店を貸切にしてもらった。愛南ちゃんをはじめ、保育園のお友達とその保護者の方も参加してくれて、今日がはじめましての人もいる。でも、そういう縁もありがたいな、と奈子は思った。

テーブルの上には、愛南ちゃんのパパママが作ってくれた誕生日メニューがずらりと並んでいる。鶏の唐揚げ、ハンバーグ、フライドポテトにお寿司。子供が喜びそうな色とりどりの料理が並んでいるけれど、なんと、原因食物として食品に表示される特定原材料七品目、すなわち、小麦、卵、乳製品、そば、ピーナッツ、えび、かに、すべて不使用だ。つまり、今日この場にあるものは、菜乃花も自由に食べることができる。やろうと思えば、アレルギー持ちの子でもこんなにも豊かな食事ができるのか、と、奈子は感激しきりだった。

奈子のスマホには、みんなからプレゼントをもらって、嬉しさのあまりほっぺたをぷくぷくにしている菜乃花の顔が映っている。一番の友達の愛南ちゃんからはかわいい犬の形のポーチと似顔絵をもらった。愛南ちゃんのパパの同級生という方からは、初対面にもかかわらず、結構高価な「キッチンままごとセット」をプレゼントしてもらい、恐縮しきりだ。パーティーグッズ売り場にありそうな浮かれたサングラスをかけた真唯子は、「子供用メイクセット」なるものを持ってきてくれた。クセは強いが、優しい人だ。

「菜乃花、こっち向いて、カメラ」

奈子が、静止画も撮っておこうとスマホカメラのモードを変えたときだった。急に店内の照明が消えて真っ暗になった。子供たちが悲鳴を上げ、動揺が走る。停電？　と奈子が首を傾げると、暗闇の中に、ほわん、とオレンジ色の光が灯《とも》った。

「ハッピバースデー、トゥーユー」

大きな三本のろうそくと、それを囲む小さなろうそくが淡い光を放ち、円形のホールケーキを暗闇に浮かび上がらせている。愛南ちゃんのパパと照星が台座を持ち、バースデーソングを歌いながら菜乃花の前にケーキを運んでくる。照星は二回目の「ハッピバースデー」から音が取れなくなったのか、急に一オクターブ下の低音で歌い出し、愛南ちゃんパパがつられて音を外した。歌は不協和音だったが、子供たちが一斉に歌い出して、正しい音程に戻してくれた。

「あの、これは……」

「ああ、これ、璃空さんと俺からプレゼント」

「もしかして、その」

「もちろん、小麦粉も卵も乳製品も不使用だから、菜乃花でも大丈夫」

ケーキの話は、奈子にも知らされていなかったサプライズだ。菜乃花のために照星が作ってくれたのだろう。本職のパン職人であり、専門学校では製菓も習っていたそうなので、その出来栄えはさすがの仕上がりだ。突然の出来事に、菜乃花は驚いて固まっていた。目を丸くして、ほっぺがぷくぷくのまま真顔になっている。

バースデーソングが終わり、みんなの視線が集まっても、菜乃花はどうしていいかわからない、という表情で、奈子に視線を向けた。奈子はスマホを構えたまま、菜乃花に、ふーってやるんだよ、ふーって、と、ジェスチャーを送った。それが伝わったのか、菜乃花がほっぺたをさらに膨らませて、ろうそくに向かって息を吹きつけた。一回目は、炎が揺らめいただけ。二度目は、半分くらいのろうそくが消えた。三回目、四回目、と、はふはふ息を吐いて、ようやくすべての火が消えた。暗闇の中、菜乃花に拍手が降り注いだ。

照明が点灯して光の中に戻ってきた菜乃花は、小さな両手で顔を覆い、声を出さずに泣いていた。思い返せば、一歳の誕生日は病院のベッドだった。パンがゆでアレルギーを起こし、小さな腕に点滴を打たれている菜乃花の胸に手を置いて、奈子がバースデーソングを歌った。二歳の誕生日は、家で二人きりのお祝い。奈子が買ってきたアレルギー対応プリンは、あまりおいしいものではなかった。そして今日、三回目の誕生日。バースデーケーキを前にする菜乃花の姿が見られるなんて、とても信じられなかった。奈子はスマホを持っていられなくなって、そっと涙を拭った。こんな奇跡が起こることもあるのだ。この世界に生まれて、生きていれば。

ありがとう、生まれて来てくれて。

涙でくちゃくちゃになった菜乃花のそばに行って、奈子は切り分けられたケーキを食べさせてあげることにした。お毒見役として、先に奈子がケーキを一口食べてみる。クリームは乳製品不使用とは思えない滑らかさで、優しい甘み。中に隠れていたスポンジも、米粉とは思えないほどふかふかだ。ちりばめられていたフルーツは生の果物ではなく、どうやらコンポートにしてあるようだった。火を通せば、仮に果物アレルギーの子がいても食べられる。コンポートはあまり砂糖を使っていないようで、フルーツ本来の味が活きていた。まだ目を真っ赤にしてぽとぽと涙をこぼしている菜乃花の口に、奈子が一口分のケーキを運んであげた。

「どう？　おいしい？」

「おいしい！」

愛南ちゃんが隣にやってきて、「おいしー」と言うと、仲良し二人で「おいしー」の合唱が始まった。さっき泣いたカラスがもう笑う。喜びの爆弾をどかんと爆発させた菜乃花を見て、もう大丈夫、とほっとした。さあ、この一生に一度の姿を撮影せねば、と、母の本能がスマホを求める。

「あのさ」

「あ、は、はい！」

いつの間にか、奈子の背後に口の端からロリポップの軸を覗かせた真唯子が立っていた。浮かれたサングラスとロリポップというアイテムと、真唯子自身のアンニュイさがアンバランスで、思わず笑ってしまいそうになるのを懸命に堪える。

「うちの弟とアタシから、もう一個ずつプレゼント」

「え、いいんでしょうか」

「そりゃもう。ここまで、うちのバカ弟の暴走に付き合ってもらってありがたかったんで。バカからはこれね。天然酵母の瓶詰。詳しい使い方は直接本人に聞いて」

「あ、ありがとうございます」

「で、これ、アタシから。まだ未公開のイケナイ情報のリーク」

そう言いながら真唯子が奈子に手渡したのは、ホチキス留めされた数枚のコピー用紙だ。どこかのホームページをプリントアウトしたもののようで、一番上のタイトルの部分には「フレンドリーショップマップ」と書いてある。マップ、との文言通り、この辺りを含む市街地図のようだ。地図上には番号が振ってあって、どうやらお店の位置を表しているらしい。よく見ると、『米星』も、『イノウエゴハン』もある。その他にも、すぐ近くのラーメン屋さんに、住宅街にあるとんかつ屋さん、駅前のおむすびやさんなど、いくつものお店が掲載されていた。眺めているうちに地図の意味に気がついて、奈子は思わず手で口を覆った。

「真唯子さん、これ、どうして、こんな」

「まあ、アタシは暇だったから、これくらいのサイト作るのはちょちょいなんだけど。うちの弟がかち込んでって無理矢理巻き込んだ店もあるから、ちょっと申し訳なかったんだけどね」

地図に記載されていたのは、「アレルギーフレンドリー」、つまり、特定原材料不使用のメニューがあったり、アレルギー対策が取られていたりと、食物アレルギーを持つ人でも利用できる飲食店などの情報だ。しっかり対策を取っているお店、できる範囲で対応してくれるお店、そして今後対応予定のお店など、詳しく情報を集めてくれたのは照星のようで、中には、アレルギー対応メニューを置くように交渉してくれたお店もあるそうだ。もうすぐサイトオープンの予定だが、その情報を真唯子が特別に先出しで教えてくれたのだ。照星が言っていた「でかい爆弾」とはこういうことだったのか、と、奈子はようやく理解した。

「どうしてですか、どうしてこんなことまで？」

「いやまあ、乗りかかった船ってか。ま、アタシはアフィリエイトで小金を稼ぐ気まんまんだから。完全無欠の営利目的サイトだし、気にしないで」

「でも、ほんとに、これ、助かります。ありがとうございます！」

なんとか引っ込めたはずの涙が、目の裏に集まってくる。喉が詰まって、胸がいっぱいになって、菜乃花の撮影どころではなくなりそうだ。菜乃花に目を向けると、菜乃花の隣の席で子供たちによじ登られてくちゃくちゃにされている照星と目が合った。照星は奈子の手元にある紙をちらりと見て、にやっと笑いながら親指を立てた。そして、なにやら唇を動かす。声に出さなくても、なんと言ったのか、奈子にはわかった。


——ま、ハッピバースデーってことで。

# ブルーバード・オン・ザ・ラン（5）

丁寧に、安全に、迅速に。

スマホのナビは最短ルートを示しているが、その途中には、道路工事でアスファルトがはがされている区間がある。今、BDSバッグの中に入っている商品は、多少揺れても汚損するようなものではないのだけれど、それでも、実里はルートを少し変えることにした。一分ほどのタイムロスはあるかもしれない。でも、配達に必要なのは、丁寧に、安全に、迅速に、という三つの三角形を、できる限り大きくすることだ。

商品の汚損でド凹《へこ》みし、今日はもう帰ろう、と思った実里だったけれど、途中で食事をとったおかげで、少し元気が出た。お腹がいっぱいになって胃に血が集まり、少し頭がぼやっとしたことがかえってよかったのかもしれない。知らず知らずのうちに疲労していた体にも力が戻って、動こう、という気力が湧いてきた。

部活をやっていたとき、自分のミスで試合に負けた日なんかは、体育館に一人で残ってシュート練習をしていたなあ、と思い出した。自分への罰ということではなくて、気持ちを切り替えていいイメージを取り戻し、翌日に悪いイメージを持ち越さないようにするためだった。今日も、嫌な感じのまま終わるのはよくないと思って、最後に一件だけ、依頼を請けることにした。

今日最後の目的地は、昔からある古い団地だった。団地内に自転車で乗り込むわけにはいかないので、駐輪場からは歩いて向かう。中庭のように開けた場所に作られた公園から、「7号棟」を探す。建物の壁面に数字の7が書かれた建物を見つけると、実里はすぐに建物入口へ向かった。エレベーターに乗って九階へ。同じような扉が並んでいて方向感覚を失いそうになるが、ブルバアプリを開いて、届け先の目印を確認した。小さい子用の、ペダルのない白いキックバイクが目印、とある。ああ、たぶんあれだな、と目星をつけたところに向かい、玄関先のドアホンを押すと、内側から「はい！」という元気な子供の声が聞こえた。

「あ、ええと、ブルバです。ママ……、は、いるかな？」

ドアを開けたのは、つるんとしたボブヘアがかわいい女の子だった。実里がＢＤＳバッグを下ろしていると、奥の部屋に向かって、「ママ！」とボリュームマックスの声を出す。

「カレーパン！　きたよ！　おにいちゃんの！」

実里が持ってきたのは、商店街の一角にある小さなパン屋さんのパンだった。閉店時間前ぎりぎりの配達依頼だったようだけれど、お店の人から受け取った袋はほんのりと熱を持っていた。渡す前に、そっと紙袋の底に手を添える。まだ温かい、「揚げたて」のカレーパン。冷めないうちにお届けできたようだ。

ほどなく、奥から依頼者の女性が出てきて、パンの紙袋を受け取ってくれた。代金はクレジット決済済みなので、これで配達終了。女性の足元で、女の子が両手を伸ばして紙袋を掴もうとぴょんぴょん跳ぶ。ママから袋を受け取ると、すぐに中を覗き込み、どたどたと走って奥の部屋に引っ込んでいった。

「なのは！　お姉さんにありがとうして！」

あ、いいんです、と玄関を出ようとすると、また女の子がどたどたと走って戻ってきた。胸には、パンの袋を抱えたままだ。よほど楽しみにしていたのだろう。笑顔でほっぺたがぷくぷくになっている。

「ありがとう！」

女の子が、額が膝につくのではないかと思うほど深く頭を下げたので、実里は思わず笑ってしまった。今度は、実里が依頼者の女性にぺこりと頭を下げ、女の子に、またね、と手を振って玄関から外に出た。今日はこれでラスト、とブルバアプリで配達受付を停止する。八時間の稼働で、約九千円の収入。目標の一万円超えはならず。でも、やりきったという達成感はあった。

「あ、もしもし、日野？　ああ、うん。いや、ランチおごってもらったから、ありがとうって言おうと思って」

実里の胸には、つい今しがた女の子からもらった「ありがとう」が、まだじわっと残っていた。そのありがとうがまだ熱を帯びているうちにおすそ分けしたくて、団地内を歩きながら日野に電話をかけた。本日の成果を正直に報告すると、夏休み中に目標金額行くの？　と笑われた。もちろんだ。明日から巻き返す。丁寧に、安全に、迅速に。

「あのさ、車買ったら、一緒にちょっと遠出して、おいしいものでも食べに行こうよ」

えっ、という日野の声。ごはん食べに行こうなんて珍しい、と驚かれた。でも、なにを？　と聞かれると、ぱっとは浮かんでこない。お店選びは日野に丸投げすることになるだろう。

スマホの向こうからは、日野の声と一緒にいろいろな音がする。どうやら、日野はパパママとテレビを見ながらごはんを食べていたようだ。ああ、ごはんどきだもんな、と、団地の公園の時計塔に目が行った。せっかくの家族団欒の時間を邪魔するのも悪いので、また連絡する、と伝えた。聞こえなかったのか、日野が、は？　なに？　と聞き返してくる。電話してないで早くごはん食べちゃいなさい、という日野のママの声。そして、結構はっきりと、日野が見ているテレビ番組の音が聞こえてきた。

――せーの。
――本日の、メニューは？

《謝辞》

本作執筆にあたり、食物アレルギーに関する記述について、別府大学にて食物アレルギーのご研究をされている高松伸枝先生にご監修いただきました。また、「米粉パン」については、愛知県碧南市で小麦不使用の米粉パン専門店『Bakeshop Sol Sol（ベイクショップ ソルソル）』を経営されている片山幸寛氏より、材料、製パン技術、アレルギーへの対策など、惜しみないご教授を賜りました。この場をお借りし、深謝申し上げます。なお、文責はすべて著者に帰するものであります。

著者

# 解説

瀧井朝世

飲食店のみなさん、いつも美味《おい》しい食事をありがとう。

そんな気持ちにさせるのが、行成薫の『できたてごはんを君に。』である。

舞台は東京から新幹線と在来線を乗り継いで三時間以上の地方都市。その街で飲食店に関わる人々が登場する連作集だ。各篇《かくへん》、同じ地域が舞台なだけに登場人物たちがさりげなく交錯していくが、それは単にリンクを楽しませるためだけのものではなく、最終話で「ここに繋《つな》がるのか」と思わせる仕掛けとなっている。

本篇四作と、幕間的掌篇五作から構成される本作。まず、本篇でどんな店が登場するのか、ざっと紹介しよう。

「ほほえみ繁盛記」：主人公はとんかつの名店『梅家』の大女将《おおおかみ》、梅山笑子。夫の死後、約三十年間店を切り盛りしてきたが、七十を過ぎた今は三代目の店主と従業員が店を回している。ここの名物は見た目がオムライスのようなかつ丼だ。テレビ番組の取材を受けながら、彼女はなぜそのようなかつ丼が生まれたかを振り返る。

「スパイスの沼」：キッチンカーでロコモコを売る綱木、ダイニングカフェの新規オープンの準備中の井上璃空、その妻の杏南の視点で物語は進む。もともと璃空が脱サラしてキッチンカーで開業、店舗を持つことになったため車はサテライトショップとして綱木に任せたという経緯がある。これまではロコモコ一品で勝負してきたが、店舗を開くとなると品数を増やさねばならない。そのため璃空はカレーのレシピを考案するが、次第にスパイスの配合の研究に没頭していく。一方、二歳になる娘の育児に追われる妊婦の杏南は、孤独を募らせていて……。

「オンリーワン・イズ・ナンバーワン」：贔屓《ひいき》にしていた『らーめん味好』のマスターが突然亡くなり、店の愛好家仲間から後を継がないかと提案された西山すみれ。三十代、派遣社員の彼女は、数年おきに職場が変わる生活を心もとなく感じており、つい引き受けてしまう。が、やはり、そんなに甘くはなかった。味を再現したくてもレシピがなく、困り果てたあげく、マスターと同じ店で修業していた店主のいる『中華そば・ふじ屋』に助けを求めたところ店主の弟子らしき男、池田翔から指導を受けることに。この池田が、我が道をいくアスリートタイプで、彼の指導は、ランニングと筋力トレーニングからスタートする。閉口するすみれだったが、少しずつ、池田のラーメンづくりに対する真摯な姿勢から多くを学んでいく。

「ハッピバースデー・トゥー・ユー」：家族で『パン工房ぱんやゃん』を営む刈部家。

後を継ぐはずだった長男の照星が突然、独立すると言い出して両親や姉を仰天させる。決意のきっかけは一人の少女との出会い。母親と二人で暮らすその少女は照星のパンを食べたがるのだが、小麦アレルギーだったのだ。そこで彼は小麦不使用の米粉のパンを作ろうと思い立ったわけだ。その奮闘の顚末《てんまつ》が描かれるだけでなく、後半には本作のこれまでの話の主人公たちが登場、地域コミュニティの良さを認識させる展開となっている。

この四篇の前後に顔をのぞかせるのが、五篇の掌篇「ブルーバード・オン・ザ・ラン」だ。主人公は大学一年生の高根実里。彼女は中古車を購入する金を貯《た》めるため、夏休みにフードデリバリーサービスのアルバイトを開始する。しかし本人は特に食に興味はない。幼い頃から親が共働きだったため、一人で簡単に食事をすませるのが習慣だったのだ。中学生くらいの頃、それまで食事を作り置きしてくれていた母親に「もうレトルトでいいよ」と言ったほど、食事には無頓着。そんな彼女の一日の出来事が少しずつ挿入されていく。

食に関する小説は数多《あまた》あるが、そのなかで本作の大きな特徴といえばまず、個人経営の飲食店を題材としている点、かつ、どの話も料理修業の経験がほとんどない人たちが主人公のところ。それでも店主たちがみな、「美味しいごはんを食べてもらいたい」というモチベーションを持ち、一生懸命であることが、この小説の心地よさの大きな理由である。時にその思いを忘れて思わぬ落とし穴にはまる人物もいるが、そこから彼らはまた軌道修正していく。

ビジネスなだけに、商品開発、つまりレシピ考案の面白さが味わえるのも魅力だ。璃空のパートではカレーのスパイスのさまざまな種類や、微妙な配合によって違いが生じる難しさ、すみれのパートではラーメンのスープや麺についての蘊蓄《うんちく》、湯切りの際のコツ、照星のパートからは米粉からパンを焼く難しさなど、家庭料理とはまた違う手間暇や工夫が見えてきて好奇心がくすぐられ、かつ、ビジネスとして食事を人に提供する難しさ、奥深さに改めて気づかされる。

店舗だけでなくキッチンカーやフードデリバリーといった形態も出てくる点や、アレルギー対応やコンタミネーションといった、昨今話題になる食問題も絡めていて、現代性も感じさせる。アレルギーに関しては、いまだに努力次第で克服できると思いこんでいる人もいるようだが、下手したら命を落としかねない大問題である。ただ味と栄養だけを追求すればいいわけではない難しさも浮き彫りになる。

後継者問題も盛り込まれている。好ましい三代目店主が現れた『梅家』や、老夫婦が畳んだ洋食店の店舗を貸してもらえた璃空など、良縁があったケースは幸運だ。『らーめん味好』は、すみれがいなかったら味が引き継がれることはなかったかもしれないし、

『パン工房ぱんややん』では今後、跡継ぎ問題が持ち上がるかもしれない。味を受け継いでいくという飲食店の課題が浮かび上がるが、それだけでなく、では味を受け継ぐのが最善策なのか、とも考えさせられる展開だ。すみれが最終的に選んだレシピや、照星が独立すると決めた理由などからは、伝統を重んじることとはまた違うもののとらえ方、考え方が見えてくるのだ。

職業小説、家族小説としても楽しめる本作。と同時に、生き方の選択の物語として読むこともできる。夫の店を引き継いだ笑子、脱サラした璃空、派遣社員からラーメン店店主となる決意をしたすみれ、家業から独立することを決めた照星……。みな、飲食店経営が長年の夢だったわけではない。それでも懸命になっている姿からは、人はいくつになっても、新たな目標とモチベーションを持ちうるのだと伝わってくる。さらにいえば、厳しい父親が苦手だった璃空、母親に「普通」の人生を求められるすみれなど、親子間の確執もうっすらと見え隠れし、それでも彼らが自分の道を選んでいく姿に励まされる。といっても苦労話だけではなく、なかなか定職に就かなかった綱木や、経歴不詳の池田翔、案外あっさり独立を認められる照星など、流れと勢いでちゃっかり居場所を見つける人たちの存在もあって、作品全体にからっとした明るさをもたらしている。それにしてもこの綱木、池田、照星ら、極端な行動に出る熱い男たちがみな、なんとも

（暑苦しいが）可愛《かわい》らしく、この作品のいいスパイスになっている（それにしても照星のネーミングセンスのなさよ……）。他に、言葉遣いはぞんざいだが大らかな照星の姉、真唯子も読者から人気がありそうだ。

また、本書で深く印象に残るのは、食に関する場面に限ったことではないが、人を頼る必要性が描かれている点だ。店を三代目店主に任せた笑子、綱木を頼る璃空、璃空と杏南の間に生じるすれ違いとやがて訪れる気づき、すみれと彼女が教えを乞う池田との関係、そして最終話で照星が協力を求めた人たち……。この作品では、さまざまな角度から、他人の協力を求める大切さが描かれている。たった一人では続けられないこと、変えられないことはこの世の中にたくさんある。その時に一人で背負い込まずに、素直に誰かを頼れたなら、世界はもっと広がる。そう教えてくれているのだ。

読み進めるうちに、この人やこの店のこともちょっと気になるな、と感じた読者もいたのではないか。実は、本書にはこれより前に刊行されている、『本日のメニューは。』（集英社文庫、二〇一九年）という兄弟本のような存在がある。こちらも同じ街を舞台に、同じように飲食店に関わる人々が登場する短篇集で、宮崎県内の書店員などの有志が参加して選ぶ宮崎本大賞を受賞した。こちらを読めば、『中華そば・ふじ屋』と池田の関係や、実里の友人・日野ひかりが学生時代に母親の作る弁当に悩まされ『おむすび・

結《ゆい》』という店に通っていた過去、何度も言及されるデカ盛りの名店『マンプク食堂』について、璃空が脱サラした経緯や綱木との関係、さらに『イノウエゴハン』の店舗は以前『グリル月河軒《つきかわけん》』という洋食店だったことなどが分かる。こちらも極上の一冊なので、あわせて読むと美味しさ倍増である。

（たきい・あさよ　ライター）

本書は、集英社文庫のために書き下ろされた作品です。

作中におけるアレルギー関連の記述については、二〇二二年八月現在の情報やデータをもとにしております。

本文デザイン／高橋健二（テラエンジン）
本文イラスト／杏耶

行成　薫の本

## 本日のメニューは。

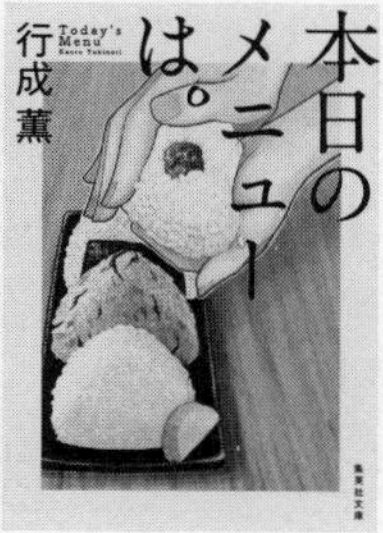


おふくろの味のおむすびが繋ぐ人の縁。熱々のデカ盛り定食に潜む切ない過去……。とびっきり美味しくてじんわり泣ける、五つの感動の物語。

集英社文庫

集英社文庫

できたてごはんを君《きみ》に。

2022年12月25日　第１刷　定価はカバーに表示してあります。

著　者　行成《ゆきなり》　薫《かおる》
発行者　樋口尚也
発行所　株式会社 集英社
東京都千代田区一ツ橋2-5-10　〒101-8050
電話　【編集部】03-3230-6095
【読者係】03-3230-6080
【販売部】03-3230-6393（書店専用）
印　刷　凸版印刷株式会社
製　本　加藤製本株式会社

フォーマットデザイン　アリヤマデザインストア　マークデザイン　居山浩二


ISBN978-4-08-744467-4 C0193